鄭福田 著

中華書局

圖書在版編目(CIP)數據

三益齋韻語/鄭福田著. —北京:中華書局,2016.4
ISBN 978-7-101-11604-5

Ⅰ.三… Ⅱ.鄭… Ⅲ.詩詞-作品集-中國-當代
Ⅳ.I227

中國版本圖書館 CIP 數據核字(2016)第 042600 號

書 名 三益齋韻語
著 者 鄭福田
責任編輯 朱振華 李曉燕
出版發行 中華書局
(北京市豐臺區太平橋西里 38 號 100073)
http://www.zhbc.com.cn
E-mail:zhbc@zhbc.com.cn
印 刷 北京瑞古冠中印刷廠
版 次 2016 年 4 月北京第 1 版
2016 年 4 月北京第 1 次印刷
規 格 開本/710×1000 毫米 1/16
印張 24¼ 插頁 2 字數 200 千字
印 數 1-3000 册
國際書號 ISBN 978-7-101-11604-5
定 價 65.00 元

自序

拙著《三益齋吟草》二〇一〇年由中華書局出版，得到相關專家學者和廣大詩詞愛好者關注厚愛，王學泰先生所賜大序，後來以《最是一年春好處：寫在〈三益齋吟草〉出版之際》為題，刊登於《光明日報》，將拙著與近百年來舊體詩創作的命運結合考察，予以嘉許稱揚，凡此，均令作者衷心銘感。

日前，中華書局應讀者要求，擬重印《三益齋吟草》，並建議作者整理近年新作，一併出版。福田因遵命將近年所作結為此集。集中除收入詩詞外，另有辭賦、詩鐘、聯語若干，故以《三益齋韻語》名之。

大野高風，北疆亮麗，杏花春雨，南國妖嬈。峻嶺雲舒，平湖鷺起。觸物感興，輒以記之，得詩詞七十五首，列為行吟之部；友朋唱和，真情入韻，親舊往還，好句關心。修文盛世，尚友鴻儒，時光流逝，所積漸夥，得詩詞一百六十二首，列為贈酬之部；民安物阜，冠冕風流，八駿在原，名駝馳野。登高把筆，對酒當歌，含咀英華，寄情物類，得詩詞曲二百九十三首，列為題詠之部；往哲前賢，要須表彰，名城古跡，應予宏揚。體襲其舊，用開其新，獨抱缺殘，自珍弊帚，得辭賦六十七首，列為辭賦之部；雖云閑體，豈止遊戲，謹嚴文法，不但駢行。况有大儒，培埴以漸，人曰小道，我獲真詮，得詩鐘二百七十四則，列為詩鐘之部；上下開闔，一韻之內，平仄對屬，兩句之間。以記編讀，以利書寫，載唱載酬，載銘載贊，得聯語二百二十一副，列為聯語之部。

前三部分，曰行吟，曰贈酬，曰題詠，皆區以內容。後三部分，曰辭賦，曰詩鐘，曰聯語，皆别以形式。分類涉於兩途，標準前後不一，作者自知，總以方便為歸。讀者其諒之。

世运清平，但騁词藻。位育中和，以俟来者。是为序。

鄭福田　二〇一六年元月十一日

目録

行吟之部第一

贈酬之部第二

題詠之部第三

辭賦之部第四

行吟之部第一

七古　江行

辛卯四月七日由重慶赴宜昌，晚九時由朝天門碼頭上船，順流而下，江風習習，燈影零亂。次日晨起，人語喧鬧，船上船下，相與往還市易，因有感焉。福田北人，甚少見江河之水，見則大喜過望，形諸筆墨，多戀戀情緒。用山谷《伯時彭蠡春牧圖》詩韻。

我來江上不思歸，要與白鷗白在飛。
徘徊寂寞人散後，船頭船尾風吹衣。
晨興移船近山腹，浮橋遥接南峰麓。
烟雲影裏人語喧，荷擔送瓜復送穀。
須臾船行汽笛驕，過客行人兩相招。
俚歌曲遠聲瑟瑟，襟袖凉新髮蕭蕭。
君不見江上壘塊時出没，古寺隱顯亦倉卒。
春秋史乘幾人留，辜負千金市馬骨。
未若青錢沽酒來，一洗眉間顔色開。
劈濤斬浪濺大沫，掣電追風猶兔脱。

七古　過平都山

平都山，名山也，傳係方平升仙處，亦世所以勸善警惡第一山也。船行至山下，捨舟登岸，雨勢滂沱，山中烟雲蒙罩，水瀑間出。來觀者咸牽緣扶持，迤邐前行。忽焉風來，雨歇雲收，霧向谷間聚去，乃見殿陛浮屠，森然羅列。瞻拜歸來，讀《華嚴經·了義篇》，有深感焉。用山谷《長句謝陳適用惠送吴南雄所贈紙》詩韻。

收拾放心如牧牛，停船且上北山丘。
近岸風吹連綿雨，旁人幾個着輕裘。
我拄山杖杖倚我，雨舞江灘珠亂投。
墻間薜荔頻翻錦，樹上柔條每垂鈎。
隱約階梯逾三百，霧裏猶能分青白。
轉瞬雨歇霧漸平，西望高塔玲瓏碧。
廟貌端嚴看玉皇，進退俯仰同游客。
世上幾關復幾橋，勸善警惡此稱伯。
駿馬能閑能奮蹄，其中滋味應自知。

三生石上清明鑒，一昧因緣同犬鷄。
神光若電照榮辱，鐵面王者主其軸。
名山從古天下傳，方平于此得飛天。
五雲樓閣長生地，及今仙迹逐風烟。
游罷登船晴暉遠，頌到華嚴了義篇。

七古　江行作十二若

江水動蕩不居，實難描摹，今在舟中行于江上，乃試以十二生肖形容之，以寄一時之興。用山谷《長短星歌》詩韻。

猛若虎，土壘石盤竟何處。
咆哮萬里挾風雷，鄴下黄鬚振旗鼓。
捷若兔，海島仙山門未杜。
射日英雄肯齊肩，蟾宫桂枝應無數。

矯若龍，指爪麗天畫圖中。
一旦點睛破壁去，盤旋八部起雄風。
曲若蛇，銀龍隱顯宜室家。
少年壯志鴻鵠遠，大澤屈伸莫怨嗟。
奔若馬，五花連錢最堪寫。
龍種原從天上來，駿骨尚敵千金價。
很若羊，不隨行者立道傍。
蔬圃無心春風近，從教他人金印黄。
敏若猴，堪笑飛將不封侯。
俗講天書從所獲，已收放心忘人牛。
警若鷄，莫向空山險處啼。
志士風塵長安路，晦明風雨兩依依。
迅如狗，高山大荒隨所走。
形影吠處理據深，掠地豈甘他人後。

憨若猪，芹溪從容真丈夫。
雅量萬事關情少，篤厚福緣過子都。
細若鼠，長鬚居然比龍虎。
快樂嫁娶恣鼓吹，盤錢慣向幽深去。
壯如牛，力田踪跡遍九州。
函關聽經開心界，誰向塵世索凡牛。

七古　至白帝城

白帝城，名勝之地，從衆登臨，回思歷代人物風流，感慨係之。用山谷《次韻答曹子方雜言》詩韻。

泊白帝，夜平水若盂。腹内亂翻書。
簾外霓虹争色彩，渾忘舟楫在江湖。
桃園當時只樽酒，羽飛畢生左右手。
鞠躬盡瘁秋復春，爲報隆中立亮門。

倡言一身都是膽，至今人憶趙將軍。
操托漢相挾天子，權據江東士屯雲。
樓桑車蓋果誰後，販履畢竟歷紅塵。
九五終因兄弟死，高義直須謚天人。
杜少陵，故與太白不相忘，才華並世大星雙。
八首秋興列雁行，輕舟一日越滄浪。
忽憶賓客好詞章，夔府竹枝沁心房。

七古　過白帝城懷李太白

太白詩章，吾華翹楚，所謂「筆落驚風雨，詩成泣鬼神」。觀其一生，有志難成，負劍空嘆，多有不得意處。至長流夜郎，自分一去不返，而天降德音，許其還歸，乃有「朝辭白帝彩雲間，千里江陵一日還，兩岸猿聲啼不住，輕舟已過萬重山」之作，其氣象風發揚厲，真無人可與比肩者。

太白裘馬走長安，柔翰妙墨騰雲烟。

鳳鳥銜霄龍翔水，上上名物冠千年。
欲入天閽扣天鈕，傾倒玉山還呼酒。
古今能詩盛唐饒，白也交親十之九。
登高曾作大鵬賦，短制長歌肯停手。
傳言劇飲畫船遥，意氣風發鬢騷蕭。
海酌鯨吸友風月，驕驄迤邐天子招。
上殿静定若心宅，麒麟鳳凰舊相識。
楊妃力士供驅馳，大暢兹懷肆筆力。
英才天妒天寵衰，賜金還山趁明時。
浪游四方訪遺跡，姓字煌煌天下知。
有時騎驢入荒縣，無知小子問何誰。
漁陽亂起雲翻墨，畫圖山川失顔色。
永王徵召到柴門，高名豈是偶然得。
談笑安石入王庭，名山寂寞付丹青。

一策能籌江山定，一言發處舉世驚。
要靖紅塵歸正統，英雄頭角此峥嶸。
從來大才終嘆啣，况兼一天無二日。
永王成逆竟成實，太白相從誰相詰。
長流夜郎不知年，此際謫仙已華顛。
出蜀當時清溪泉，而今道路難于天。
行到江灘驚魂魄，騰躍蛟螭索骨骼。
半世詩名誰愛惜，説與旁人渺不識。
天外忽焉好音頒，許歸詩仙真破顔。
横海胸襟凌霄意，朝辭白帝彩雲間。

七古　過瞿塘峽

船過瞿塘，正將入夜，四圍山色暗淡渾茫，心中亦生歷史滄桑、百物難憑之感。用山谷《次韻答和甫盧泉水》詩韻。

漢峽險峻唐峽長，備也途窮甫老蒼。
梟雄野叟並凄涼，夔門峥嶸浮滄浪。
交親誰堪寄瓣香，祇將心事付與肺肺之柳楊。
平生境遇此斜陽，托孤秋興兩感傷。
割據紛紛終夢幻，詩聖高名接渾茫。
爲問滔滔青江水，白衣能起孔明死？

七古　過巫峽

船過巫峽，水碧山青，移步换形，如在畫中。此際内蒙古友人信來，言連朝旱風未停，長原塵沙彌漫，因生比較心，頗不平。轉又思毛公詞，高峽平湖，更增嘆喟。用山谷《次韻子瞻題郭熙畫秋山》詩韻。

高峽流水鳴玉環，况從静裏對青山。
放翁愛重營丘畫，换形萬幅移步間。
我來塞上地荒遠，年年此際凉春晚。

聞道連朝風未停，彌漫長原共沙巘。
絲絲若霧若輕霜，舟行正當巫山陽。
始信神女真有信，連峰十二着雨光。
綺霞幾縷浮白日，扣舷孤客清歌發。
毛公水調唱西江，平湖不見險灘石。

七古　登宜昌至喜亭

舊時三峽奇險，一去或有不回者，既歸，則喜過望。故有至喜亭焉。今高峽平湖，船舶精良，行于水上，安如平地，至喜之感，已無切身體會，然仍可于古人詩文中見其一二。用山谷《次韻無咎閻子常携琴入村》詩韻。

三峽險，古异今。
巨灘激水亂鳴琴，秋風勁烈秋水淫。
牽夫傴僂蜀棧深，倡和無非楚些音。
頭白行者意幽獨，每對哀猿聽悲吟。

峽曲夾岸愁立壁，紛紛木葉下高林。
天下詩人皆入蜀，巫峰十二最關心。
可奈水急石浮鼉，江流如矢船如螺。
性命高財或委弃，峽前峽後怨婦多。
一旦履險安然過，欣悦家家豈殊科。
縱有文章稱國手，妙句難追喜若河。
歐陽公，筆底從無難，當日登臨意氣和。
爲折寒梅西陵口，來寫至喜亭上歌。

七古　訪三游洞陸游亭

訪三游洞陸游亭，想見名士風流。見南津關、至喜亭、楚塞樓等景觀，人言皆係他處移來者。用山谷《次韻和答孔毅甫》詩韻。

留連魚鳥縱心游，一出西陵心蕭散。

何須沽酒費青錢，觀瞻要赴未曾見。
元白龍光印斗牛，三蘇异彩耀河漢。
當時前後作三游，名物文華至今嘆。
我今一路踏歌來，至此不敢近筆硯。
遥指小閣枕江邊，煮茗放翁贊此縣。
昔賢雅尚將難同，至喜名亭正沐風。
風亭翩翩接飛鴻，聞道新移置此中。
擂鼓翼德着形象，浩氣楚塞樓上逢。
行人茫茫魚貫從，南津關下舊屠龍。

七古　謁韶山毛主席故居

毛澤東主席是不世出之天縱才。瞻拜其卓异奇美之故里山川，回思其輝煌蓋世之崇德偉業，詩以頌之，謹表欽敬之情于萬一。

年年皎月照橫塘，七十一峰草木香。
詩書讀到無文字，辭親仗劍意軒昂。
宇内烽烟處處起，生民塗炭何所倚。
要挽長纓縛蒼龍，瀝膽披肝雪國恥。
南湖青波照偉姿，秋收奮發舉義旗。
晦明變化風兼雨，薦血何嘗問險夷。
指揮天兵凌霄漢，每令强敵空嗟嘆。
長征路上羽書馳，戰地黄花紛爛漫。
寇盜叠乘國土焦，男兒馬鳴風蕭蕭。
肅清天下新寰宇，人民中國分外嬌。
培人心志飽人腹，大業旨在民豐足。
幾回夢裏憶饑寒，千村薜荔鬼夜哭。
恨不一夜富吾華，問疾問苦走輕車。
君看當年留影像，猶帶窮鄉萬縷霞。

游泳長龍騰巨浪，滴水青溪波蕩漾。
至今無數讀書人，却向詩詞偷豪放。
霸主長鞭舊高懸，毛公旗幟換新天。
駿馬一日真千里，人民中國萬斯年。
韶山日出衆山紫，湘水騰踔化龍鯉。
不負大樂出此峰，名物風流兼四美。

七古　訪岳麓書院

岳麓書院，人文淵藪，唯楚有才，於斯爲盛。呼吸壯烈，冠冕風流，瞻觀之餘，曷勝贊嘆！用山谷《對酒歌答謝公静》詩韻。

直北但豪飲，圖南效清吟。
書院千秋深用意，培埴學術正人心。
登臨觀瞻逢春日，雨脚茫茫斜飛白。

楚材亦須煩刀尺，毛公卓卓曾爲客。
莘莘學子争朝夕，粥飯不問菽與麥。
名師大儒出不窮，競爲湖湘開胸臆。
山川宇宙教者材，大塊翕張供驅策。
君不見陶潛于此建杉庵，養性讀書對烟嵐。
智璇造舍非偶然，創學朱洞意渾涵。
忠孝廉節佳氣集，道德文章深相汲。
梧桐樹好彩雲回，朱張談吐鳳凰來。
冠冕風流天下盛，呼吸吞吐真壯哉。
學不踐行學者耻，天馬嘶嘯絶塵埃。
赫赫諸君子，胸横天下事。
出山試劍霜刃利，活水尤知來此地。
雨餘岳麓清風清，且取湘水注吾瓶。
攜去休説途路遠，芷草香蘭過眼明。

七古　張家界

武陵源草樹葱蘢，張家界烟霞奔涌，而金鞭溪則直入神仙境界，群峰倒影，一水留雲，令人詩思鬱勃不能已。用東坡《游金山寺》詩韻。

見説仙境武陵源，草樹葱蘢真如海。
幽谷群峰斧削成，及今猶有削痕在。
君看一峰一盤陀，中間烟霞涌濤波。
有時晴陰作雨霧，高下諸巔懸浮多。
民人欲渡無舟楫，獼猴待月鵑啼日。
幸有天橋一綫細，橋上凝暉顔色赤。
往來隱顯驚魂魄，翠屏掩映蒼崖黑。
偶或天朗氣清明，巨壑危岩鬼神驚。
虚荒誕幻人莫識，定是龍光降英物。
我來萬里探奇山，山間劍意起痴頑。

鬱勃詩思騰不已，噴向金鞭一池水。

七律　張家界金鞭溪二首

入金鞭溪，見種種稀見神奇景物，有全巨大者，有極細微者，然皆甚有趣味，爲二詩以記之。

一

我來倚杖趁新晴，高壑群峰相送迎。
獻翠苔鮮濕道路，跳波魚小過鯢鯨。
有緣嘉木纏藤久，無土奇根抱石生。
更向蒼崖清耳目，鶯鳴未了起猿鳴。

二

諸峰争欲拄青天，深谷林林探巨拳。
大塊烟霞迷五色，九圍曲徑轉深禪。
土家兒女鄉音美，异樣瓜桃野味鮮。

無力寫山聊照水，却從影裏證金鞭。

七古　武夷至福州道中

素聞武夷景色有如仙境，因往作旅游文化之學習考察，然因事遲全團一日到達，晚宿武夷城中，未得觀游山水。晨起即乘車赴福州。時細雨如絲，烟水茫茫。

已誤漂流九曲波，未看舊題五雲摩。
仙境聞説一百八，依舊年年夢中過。
紅袍樹繫雲萬朵，一杯融會人天我。
侵晨登車去無塵，曉霧無端迷青瑣。
細雨斜飛織玉肪，近枝蓬勃嫩青黄。
此際春風若似剪，爲裁清榮錦綉章。
叠翠山圍原無語，縱横水繞銷魂句。
牧牛童子忘其繩，鷗鷺翩翻輕來去。
都道此地每盼晴，不异吾鄉常祈雨。

雨晴天下有時殊，錯亂風囊共雷鼓。
誰遣大漠豪雨飛，便入天龍第一部。

七古　訪福州三坊五巷

訪福州三坊五巷。時淡烟微雨，苔青樹濕，飄風微拂，樂音斷續，更增歷史感觸。仰瞻林覺民家書真跡照片，殊深敬佩。

垣墻肅肅掩高門，巷有文華坊有神。
衆星恢張河漢津，南州劍氣上干雲。
風吹柔條參差舞，世事如棋誰賓主。
遂教微雨落前庭，碧苔寸寸成新土。
春秋讀罷二毛生，英雄豈必作壯聲。
臨難不苟垂青史，婉轉家書烈士死。

七古　福州開元寺

開元寺千蓮華菁，五方莊嚴，上師袈裟神明，飛天音塵清静，乃神州真名勝地。

雨灑樓桑萬點星，隱隱開元梵唱聲。
雙塔早從天外落，千蓮日夜轉華菁。
真諦當初無人曉，曾笑上師袈裟小。
一蓋五方共莊嚴，大愛何嘗遺芥草。
飛天拱衛净音塵，歡樂香深百柱春。
快游慚愧風追馬，明日相期龍岩下。

七古　登滕王閣

滕王閣蜚聲海内外，今獲來觀，覺繁華滿眼，人文在兹。

崇樓當日接飛鶻，往來舟車多簪笏。
登高誰不暢胸襟，文翰聚藪理盈窟。

豫章奇士舊白衫，囊間鋭句密如蠶。
偃蹇曲折天下路，行到巔峰得回甘。
我本塞北孤吟客，天炎臨風衣袖窄。
想見秋水雲外横，新詩欲寫短墻白。

七古　登廬山

辛卯四月十六日，余登廬山，流連于山水人文景觀。次日晨起，待日于含鄱亭，感傷時序，懷思先賢，賦此以志。

匡廬登臨須有酒，五老峰前仁者壽。
太白觀瀑逸興飛，淵明檐間幾榆柳。
青衫司馬蹇連客，祭山入寺誰能識。
丈夫不作曲全鈎，要爲生民謀福澤。
吾今倚杖含鄱亭，殷勤待日東方白。

莫將舊事等浮雲，异代滄桑在史册。

七古　過婺源三首

人言婺源係最美鄉村，初夏來游，山水明秀，鄉風淳樸，南國氣息深鬱。亦有雄偉建築，形體卓卓，大不尋常。

一

門對小方塘，五月芰荷香。
遠山來照真如髻，大星垂處亮銀璫。
蕉葉卷，粉墻春。
炒山茶，賣北人。
留客明堂坐，待客紅鯉唇。
指看沿江道，當年遠客少。
年年油菜花，不似香樟老。

二

商村汪口好，遠客喜生眉。
高巷通水岸，户户中堂垂。
日下人語歇，蛙鼓橋心月。
納涼坐中門，清露濕老葛。
烟迷五彩花，青笋連夜發。
定有家山薦，一洗亭午熱。

三

草木榮，大日白。過客來觀皆嘖嘖。
蕭何偉業早刊石，文選昭明真生色。
一殿崔嵬看檐牙，秀逸差可接雲霞。
异材遠來道路賒，此時誰復計舟車。

七古　三清山神女峰

晨起入三清山，雲霧彌漫，似與天地呼吸相接。群峰時隱時顯，有如雲中之龍，時露其一鱗半爪。神女峰亦然。而游人絡繹，不絶于道路。

三清高處撑長空，危棧多霧谷多風。
天地呼吸雲走馬，峰巒萬狀見神工。
杜鵑樹老晚花濕，女神縹緲中天立。
仙街處處畫仙顔，我欲長歌音聲澀。

五古　三清山之巨蟒出山

谷口雲霧濃，巨柱矯若龍。
頂上松杉老，岩花小偏紅。
通體只白石，蒼蘚着青銅。
雄姿浮大翼，日與祥靄逢。

吾生真輪轉，劣句記飄蓬。
寂寞三清殿，泠然起仙風。

七律　赤峰

赤峰舊城樸厚，新城朗潤。倚紅山而臨大川，山形水勢，甲于一方。英金河于史上有大名焉。

半城厚樸半城新，駢井聯廛迥絶塵。
襟抱紅山騰瑞彩，街衢白馬駐祥麟。
盡嘗百味愛蕎苦，爲有群書守我貧。
眼底繁華風色美，英金從古是名津。

七律　赤峰早春

春到良原，地氣熏蒸，野馬塵埃，飄忽來去，滿川繚亂，有如天吴紫鳳，顛倒短褐。赤峰之紅山文化，影響深遠，不但所轄翁牛特旗境内之玉龍獨稱絶代也。

遥望紅山體貌殊，我來風卷野雲孤。
鵝黄柳漾垂金帶，雪翠池開涌緑珠。
八面平疇蒸地氣，滿川紫鳳襯天昊。
心花要獻文明遠，非但猪龍絶代無。

七律　烏丹

烏丹係翁牛特旗治所，距吾家幾十公里，鄉俗鄉音，已自無殊。唯吾家屬西部農區，舊時生計更形困難。十年九旱，年年吃飯，田畝祇宜種穀麥莜麻，且爲望天收，語所云「種一坡拉一車打一笸籮煮一鍋」者是也。而烏丹向東，海拔低，水脉淺，溝渠縱横，氣候較西部不同，所種稻穀，年祇一季，因之營養豐富，大受歡迎。

烏丹道路近余家，五月香深滿鎮花。
絲雨窗前聽反復，劣句紙上抹横斜。
東鄉水淺堪營稻，西地山平好種麻。
子弟着鞭心萬里，每傳捷報向天涯。

七律　翁牛特海日蘇

海日蘇，翁牛特旗之東部鄉鎮，景物有特色，沙水漾田疇，江南之稻，生于此地，鬱茂葱蘢，實堅穗大，令人心動神怡。而此地牧民兄弟待客，奶茶醇酒，羊肉沙葱，風味獨特，情意真摯。

七月歸來壟上行，西山草茂北山横。
垂楊葉愛臨風細，過浪沙看漫水清。
稻種江南今塞外，香飄歲尾始春正。
奶茶好味從容賞，一盞寒温萬里情。

七律　赤峰大板

大板係赤峰巴林右旗治所，遠山跌宕磊落，跳擲變幻。而十里原平，中天雲淡，燕麥有鈴，菜花遮路，青紫繽紛，怡心悦志。其地所産巴林石，以不可多得，世人珍之，逾于紫芝。

古鎮山形磊落姿，或如虎擲或龍馳。
原平十里峰還抱，雲淡中天口轉移。

燕麥有鈴懸自在，菜花遮路艷迷離。
神京拱衛巴林右，奇石于今勝紫芝。

七律　巴彦淖爾田間

舊云黄河百害，唯富一套。巴彦淖爾市屬河套地區。農業發達，人民富庶。當葵黄麥秀、鷗鳥翔集之時，徜徉于田間壠上，看一原土沃，二水環流，感受盛代風光，斯誠人生樂事。

萬面葵黄麥秀齊，蒼榆沙柳護東西。
一原土沃三千里，二水流環百丈堤。
小徑民人歌自在，長灘鷗鳥囀離迷。
我逢盛代開青目，大日光芒四野低。

翠樓吟　三盛公水利樞紐工程

三盛公水利樞紐工程係以灌溉爲主，主要調節水利，兼有航運、公路運輸、發電及工業供水、漁業養殖綜合作用的閘壩工程。其址在巴彦淖爾市磴口縣。人稱萬里黄河第一閘。

激蕩三原，排空萬馬，黄河落從何處？金鋪雲水外，倩誰認、漠邊塵土。濤聲若虎。正霹靂西來，狂飆東注。渾難豫，鷩鴻騰踴，瞬間端緒。控馭。輕展良圖，掣矯然鱗爪，節風梳雨。攔河渠偉矣，傍涯涘，壯觀如許。葱蘢草樹。更穀麥飄香，油葵遮路。聽天鼓，滿川歡忭，競爲龍舞。

好事近　陰山岩畫

陰山岩畫，千秋文脉。乃我先民以割雲刀筆輔以奇思妙想成就者。

卓犖我先民，耕牧從容收獲。却把割雲刀筆，畫陰山岩石。圖形六萬重團圓，日月孕精魄。舉酒峰高人遠，對千秋文脉。

阮郎歸　草原青春別意

草原兒女，置身大野長山，風高草茂，故其離合契闊，風格昂揚灑脱，不同于殊方兒女子之臨歧執手，泪下沾巾也。

錦衣綉帶少年時，春光才上眉。長風吹鬢馬頻嘶，新歌傾酒卮。前夜雨，昨宵詩，草原晨露滋。更誰盛代唱芳菲，極天鴻雁飛。

桂枝香　訪元上都

錫林郭勒盟正藍旗，元上都舊地，千里原平，彌望風清，而一川金蓮盛開，香滿天宇，彌漫襟袖。登臨遠望，男兒頓起雄心。

芳香郁烈。漸草木欣榮，百類蓬勃。眼底原呈海闊，水如龍折。乘風來去平岡路，且馳驅，蹄音休歇。牧歌三復，遥岑幾抹，日星明澈。只壯士襟胸最熱。對盛代名都，故壘新轍。况有金蓮萬盞，滿川争發。中華偉業千秋遠，正男兒，奮發時節。射雕身手，凌空氣象，古今奇絶。

風入松

錫林郭勒草原有雄深闊大處，亦有蘭幽蓮潔處，此觀游者不可不知也。

錫林原上有蘭芝。日日展幽姿。春來大野東風軟，憑摇曳、如在丹墀。芳品歲華榜樣，清標世道旌旗。　無窮景物眼迷離。盥手寫新詞。騰龍擲虎尋常事，等閑看，沙漫雲垂。且把心香十萬，留呈雨徑芹蹊。

臨江仙　輝騰錫勒黄花溝

輝騰錫勒地處烏蘭察布市察右中旗境内，其地形起伏綿延，池淖衆多，水草豐美。雨季來臨，群池瀲灩，一望莽然平闊。原上有黄花溝，溝内石奇水清，春夏之交，鮮花盛開，風光旖旎秀美。山脊風口處，多植風力發電機械，陣列雄壯，風力勁健。

把酒前年新作賦，黄花爛漫曾經。兒童縱馬舞長纓。百池頻得雨，一望莽然平。　野徑逶迤山氣好，今來看燕聽鶯。流波漱石若調箏。雲間風力健，天際草痕青。

醉太平　烏蘭察布采風

昔杜少陵《飲中八仙》有「知章走馬如乘船」，寫賀監醉態。而在内蒙古草原，健兒騎乘，英姿颯爽，吟鞭指處，隨意逍遥，觀其馳騁大野，大類于弄潮兒之立于潮頭也。

原平馬驕。情樂聽管簫。風流舜堯。長歌直入雲霄。任浮生渺迢。深酒豪。吟鞭隨處逍遥。看健兒弄潮。

鷓鴣天

克什克騰經棚、熱水兩鎮，風景優美，舊式火車迤邐穿行于山間，笛聲時起時落，甚爲殊异可喜。

小草新鮮露未晞，可人輕霧逐人衣。雀雛斷續檐間語，汽笛聯翩野次飛。　封曲徑，上階墀。無情翠蔓有情垂。昨宵夢裏霖霪雨，曾向窗前特地吹。

喜遷鶯　春日訪鷄鹿塞

鷄鹿塞，古代北方著名塞口，據云王昭君與呼韓邪單于曾出入此塞。李璟亦有「細雨夢回鷄塞遠，小樓吹徹玉笙寒」之名句。而今舊址猶存殘壘，滄海桑田之感，係之斷壁片石。草野則早接德音，塞上亦遍地牛羊。

春陽盈路。共舊友新知，來尋高古。天漢長城，屠申大澤，藴釀此間龍虎。元狩甲兵關隘，甘露香花門户。幾片石，記滄桑痕印，鳳凰毛羽。佳侣。並馬歸，人與月圓，解伴琵琶舞。數世升平，萬民安泰，宇内細風柔雨。草野德音猶在，塞上牛羊無數。正英發，又南唐有夢，恩深爾汝。

七律　神游井岡山

井岡天下名山，近世聲名最著，以其爲紅色中華根基故也。至于緑樹十圍，五井聯翩，黄洋界上，一炮傳奇，尤復令人神往。福田幾次欲往瞻拜，均因事未能如願，因寫神游五十六字，自道其胸臆如此。

長風浩蕩彩雲垂，五井聯翩大井奇。
割據工農燃火炬，治平道路展星旗。
十圍緑樹連天宇，一炮黄洋奠國基。

夢裏游踪無遠近，當時垣壁雨如絲。

七律　神游瑞金

友人游瑞金，拍攝照片甚夥，而尤以粉墻、碧池、翠柏、修竹等爲最上，因賦七言八句，以抒向往之意。

十萬高峰百丈坪，山陬小鎮瑞之京。
粉墻有處聆霜角，翠柏無邊奏凱聲。
一片碧池清洗馬，千尋修竹緑爲兵。
沙洲井水甘甜久，大道當時豈顧名。

七律　游趵突泉

趵突天下名泉，予來觀日，天朗氣清，風光佳好。泉上碧絲繚繞，水底汩汩有聲，氣泡連綿，由下而上，冉冉升起，如貫珠然。泉旁有李清照紀念堂。

從古名泉景自奇，憑欄況有碧絲垂。
當流好水聽禪境，漱玉高懷詠絮詞。
翠透湖心升汩汩，珠連眼底涌離離。
今來已踐崇文約，碑影依稀記舊時。

七律　過濟南

福田北人，然于齊魯文化，每多浸染，雖不敏，亦頗多獲益。今來濟南，已爲壯年，心情氣象，頗不同于早歲。且此中山水形勝，舊多于圖上詩中看取，今忽到面前，滋味大异想象。

曾沐齊風共魯風，頻年心事向高崇。
深秋氣象雖無异，壯歲情懷自不同。
河水流長浮北濟，岱宗峰遠抱東溟。
泉城看罷依依柳，復把黄花獻玉宫。

七律　重登泰山

三十年前，在遼寧大學學習，因與同學編輯《文學描寫辭典》，得稿費若干，乃相約同出游歷，曾到泰山。印象最深者係泰山挑夫之艱辛與耐力。今茲索道連雲，情形大不同矣。

單衫壺水步如飛，三十年前體未肥。
要與挑夫爭向上，不因倦客賦回歸。
今時冷索連雲直，舊徑香花過眼稀。
坐駕中天稱浩蕩，從來仰止此山巍。

七律　訪蓬萊

二〇〇九年冬訪蓬萊，放眼海上景觀與島間名勝，觀海不揚波碑，朗吟東坡及前賢詩句，感慨繫之。

人間詩境一蓬萊，海正揚波霧漸開。
雲罄峰頭音杳杳，水城眼底色皚皚。
神仙夢幻聽簫管，兒女風流上釣臺。

瞻拜遺碑三致意，髯翁好句鬢邊來。

七律　瞻拜曲阜孔廟

瞻拜曲阜孔廟，仰觀杏壇風物，俯思道統恢宏。大哉孔子，爲民立則。

一朝驚喜望門墻，夢寐金聲玉振坊。
不有杏壇春色美，曾無道統令風彰。
詩書後學須磨礪，陳蔡先生尚絶糧。
殿號大成成者大，森然古木配宣王。

七律　參觀清照故居

曾鞏云：「岱陰諸泉，皆伏地而發，西則趵突爲魁，東則百脉爲冠。」泉側有清照園。

百脉名泉百態新，珠升屑落雨彬彬。
溪亭柳映蒼荷葉，池岸苔封潦水淪。

句好回舟迷道路，名高漱玉寫精神。
論詞若築凌烟閣，本色光華第一人。

七律　日照歌吟四首

民進中央常委會在日照召開，予參會，因得游金沙灘及與劉勰有關之諸名勝，體味故莒風流。東道安排周至詳密，今人感激。而熱衷攝影者，晨昏辛苦，佳作琳琅，亦復令人豔羡。

一

金沙灘畔倚長林，零露分香到衣襟。
海右慣聽漁父曲，山東得見栗兄琴。
半城初日胭脂色，一綫平波冰雪心。
莫向同人誇早起，昌黎偉鏡最蕭森。

二

披霞浴日奉初光，紫玉波翻作雪霜。
鷗鳥憑虛環海若，民情似水向堯王。

小橋漁隱當幽處，故莒風流擅勝場。
已把文心銘座右，還從舊里認龍驤。

三

得意輕涼次第生，海燕來翔海波迎。
灘頭客語江湖遠，足下沙明日月精。
列座新歌推老栗，漫天白羽待徐晴。
年年此會今年好，論議猶調五色箏。

四

山水名區景物妍，晴沙璀璨映藍天。
一茶温潤能傾野，萬竹生新恰比肩。
四海陶文兹縣古，亞洲營邑兩城先。
從來銀杏婆娑地，無限雲烟滿釣船。

五古　雲南行四首

雲南風物，美不勝收。經營籌劃，皆具深意匠心，頗不同于他方之草草。因以同韻四首五言仄韻短詩，寫其瑣細，以爲他年回憶之資。

芒市

秋竹幾痕黄，色侵竿欄殿。
芒市迎遠人，鮮花耀銅輦。
過眼石峥嶸，雲歸四山晚。
明日聽金鷄，平樂聲自遠。

一寨兩國

鷄雛認初黄，從容臨陛殿。
一井兩國春，盈盈照車輦。
語笑隔疏籬，歡顔無晨晚。
君看藤上瓜，逶迤垂實遠。

睹石

囊雖乏白黄，已然臨堂殿。
譬猶着布衣，施施登高輦。
且買二拳石，年代泯初晚。
兩刀四片青，謂言堪傳遠。

飲酒

入市日色黄，曲巷連堂殿。
當時有馬幫，此際多風輦。
飲酒龍口清，談龍街燈晚。
一燈輝五彩，温其紫春遠。

七律　西藏行二首

赴西藏參加全國政協會議，因得親見殊美風物，名原錦綉，大日光芒，令人神旺。

一

積雪明光宇宙開，况兼頂上野雲來。
危巒戟日心懸綫，險路當風聲若雷。
潭有深清湍白練，樹無高下着新苔。
誰家兒女經綸手，綉向名原簇錦堆。

二

百物峥嶸有新姿，大日光芒四野奇。
江水合流知谷闊，經幡高矗認旗垂。
梵音入耳聽方了，稞麥臨窗看較遲。
切瑪吉祥來客遠，人人祈福仰佛儀。

七律　雲臺山紅石峽

雲臺山草樹豐茂，嶺秀嵐奇，尤以丹崖峽谷懸泉暗渠令人嘆爲觀止，而崖壁苔蘚，水曲眉魚，手邊眼底，在在清新，親切怡情。

聞道雲臺深嶺秀，今來嵐氣燦虹如。
匝途草樹聽春鳥，盈耳濤波入暗渠。
誰斬丹崖欺鬼斧，我從蒼蘚認眉魚。
多情最是懸泉美，得意千條自在舒。

五律　雲臺山小寨溝

入山途中，道路愈遠愈幽，階仄苔深，一川青碧，而鳥聲流麗，小亭翼然。乃拾取舊樹枝，以爲憑倚，覺水能濕杖，翠上衣襟，意致殊佳。

小寨長雲裏，春光看欲迷。
照潭方濕杖，鋪翠漸侵蹊。
亭好堪依止，峰高待品題。
時平佳氣遠，處處囀黃鸝。

七律　開封楊湖潘湖

開封龍亭之南，有潘家湖與楊家湖。兩湖間有馳道，東爲潘，西爲楊。潘楊之訟，千古流傳。楊湖潘湖，東西鄰並。清濁固有其因，忠奸布在人口。

桐香柳潤舊皇都，曉上龍亭望兩湖。
東濁無花無色彩，西清有客有舟凫。
潘楊畢竟終殊遇，賢佞由來豈一途。
權悻滔滔成底事，天波高第立通衢。

晝夜樂　重游洛陽逢牡丹節

牡丹係我國傳統名花，花朵碩大，色彩麗都，具大富貴相，人恒以國色天香譽之。今來適逢其節，公餘因得恣意賞觀，覺品類繁多，偕榮正好，然終究不離富貴。白馬古寺，龍門仙窟，游客亦連肩接踵，呼噓雲雨。翻是道旁桐花柳絮，開也無主，飄亦隨心，不着深意，得大自在。

洛陽不是新游處，却偏如，初相遇。焚香白馬禪林，滿眼桐花柳絮。南北行人遮道路，得幾個，酒朋詩侶。畢竟古中州，固多風流趣。名城日暖群芳吐，祇牡丹，香尤著。姚黄魏紫偕榮，鐵艷銀嬌休妒。最羡晨紅端正好，趁露華，要留春住。興會入龍門，遍仙窟雲霧。

永遇樂　古隆中

襄陽城西二十里，西山環衛，有古隆中，傳爲諸葛亮躬耕之地，亦即劉備三請諸葛故事之發生地。其地今有草廬亭、三顧堂、六角井、抱膝石等景點存焉。

一抹虹橋，幾叢奇石，耕讀佳處。聽鳥聲喧，看花色艷，池水流清渚。三山環抱，萬竿拱衛，醞釀此間龍虎。英雄事，歌樓酒肆，説他草廬三顧。壯年意氣，關心風雨，社稷紛紛誰主。晤對隆中，忠勤蜀漢，擔荷都幾許。至今猶有，綸巾羽扇，留與後人欽慕。精芒在，清波古井，從君挹取。

七古　遠別離

用太白《遠别離》韻。無理路，忒荒謬。無才思，勉强凑。以游戲觀之可矣。

遠别離，慚愧恩深痴男女。
纏綿楊柳回塘，鴛鴦别浦。
聲光化電無時休，况兼一旦分携苦。
金作堆兮玉爲床，軟鬼滑神兮温柔雨。
紅浪金猊真須補？
進退出處何關彩袖殷勤，立世間兮聽神怒。
湯文武兮堯舜禹。
運之興兮魚入船，人之達兮風從虎。
乃有假語清，真言死，
畢干龍逢命相似，嫵媚花妍從容是。
披風游兮彩雲間，霞羽光兮不用還。
凝眸兮返本，盼寶璧于深山。
山無陵兮江水絶，生死肉骨不可滅。

七律　蝴蝶泉畔放生池

二〇一二年十一月，至雲南，看蝴蝶泉放生池。覺斯池在兹，雖僅收收放放，且有利益驅動，然大具儀式意義，有益于世道人心。

風行池上小波瀾，樹有深蔭日不寒。
水淺泉流摇蘚緑，人喧魚躍弄鱗丹。
休論收縱千回手，絶勝煎烹一尺盤。
盛代人心期近古，明年此處與誰看。

瑶臺聚八仙　武當山

武當山主峰一柱擎天，猶如利劍，直指長空。又霄呈正色，湛然深迥。流雲浮羽，八面聚合，儼若朝參，故舊時人以「參嶺」名之。是山又有謝羅、太岳等别稱。以其爲道教名山，永樂間竟比之故宫，故復有「亘古無雙勝境，天下第一仙山」之譽。

問道朝山。盤陀嶺，處處緑水彎環。紫嵐將霧，聚向八九峰前。士女虔誠香滿路，志心深徹動玄關。仰頭看，百蓮簇衛，一柱擎天。　當年大師步履，早鶴雲渺淼，草樹連延。石棧猶龍，鱗爪出入霞端。半生書劍嘯傲，竟何事，終成壁上觀。西廊下，幸解簽攤在，衆庶同歡。

瑞鶴仙　神農架木魚鎮

晚宿木魚鎮，知該鎮位于神農頂南部山麓，係湖北「長江三峽、神農架、武當山」一綫之重要節點。夜來露重燈明，月淡鈎勻，泉流濺濺，風聲習習，清雅幽静，無可比擬。

群山奔九馬。正江漢分流，波驚濤咤。斜陽入圖畫。又千尋岩壁，寒泉飛下。粉墻黛瓦。經多少，風吹雨打。我來時，花露偏濃，小鎮木魚清雅。　無那。彩虹燈艷，凉夜鈎勻，最堪陶寫。心香滿把。神農事，豈虚話。料晨曦初透，長烟團靄，會向崇峰漫灑。却憑欄，霧踴龍蛇，雲翻四野。

七律　青海湖

青海湖古稱西海。湖邊産良馬古稱秦馬。湟魚乃黄河鯉魚變化而來，因無鱗片，故稱裸鯉。湖鄰金銀灘，乃王洛賓作歌處也。

西海名湖史有書，白雲舒卷鷺鷗居。
劍堤入水驚秦馬，岸幘披風走裸魚。
情滿長灘歌總好，恨無大翼過偏疏。
我來五月峰凝雪，小坐樓船彩焕如。

七律　黄鶴樓

黄鶴樓天下馳名，舊曾登臨，無如行色匆匆，未得暢其意致。及今憶之，有深感焉。

黄鶴樓深鳳羽垂，當年高舉百千姿。
衝霄一改平時意，向此三回舊地期。
便有江雲頻看顧，不關河水兩相知。
中分鸚鵡雙流遠，縱浪逍遥忘險夷。

七律　杭州

杭州文物之邦，人文薈萃。山水之間，均饒勝義。而錢塘潮水，奔騰抉蕩，是杭州佳氣所在，天地浩然之氣存乎是。

名都文物自琳琅，况借松聲證禹航。
兩澗縱横溪水老，一峰孤峭雪梅香。
暮歸棹舉花盈路，南渡人驚鬢有霜。
最是傾城佳氣在，聽濤萬里向錢塘。

七律　西湖

西湖自白傅、坡公題後，再不許人饒舌。而風景佳勝，今勝于昔，酒餘談次，未免技癢，因賦此八句，以成一時之快。

共看雲中起雁鳧，三潭摇月一山孤。
來從天上武林水，化作人間西子湖。

得句扁舟矜我有，浮杯高境樂君殊。
白公十錦蘇公柳，能記風流曠代無。

七律　白洋淀

白洋淀以雁翎隊爲世人所熟知。從來衛國干城，有賴兵民協力。今來見鷗鷺翩翩，漁舟閑閑，一派承平祥和景象。乃思數十載太平，來之不易，而長久太平，仍需創造維繫。前事不忘，後事之師，至哉斯言。

古淀汪洋舊有名，西來九脉未須驚。
沙澄已證河清意，水曲能消鼎沸聲。
此際騰鷗吹大葦，當時禦寇起長翎。
湖濱萬户炊烟裊，彌望新蓮無限情。

七絶　入蜀

北人入蜀，以拙直遇玲瓏，從教青城山水，頻開大野之風。

何處流雲入蜀中，華英一片渺難同。
翻教甲秀青城水，綠浪頻開大野風。

七律　眉山三蘇祠二首

唐宋八大家，眉山蘇氏父子兄弟，占其三席。天地鐘靈毓秀，至乎此極。舊于書籍中知軾母教子，鳥巢低枝。今來拜謁，不必皆其原地，心神之舒暢愉悦，有難以言表者。

一

大愛從來豈有價，至今英氣未稍消。
枝低池上巢靈鳥，風繞簷邊過小橋。
軾欲齊賢爲范滂，母能教子去浮囂。
文章余事江湖遠，志節平生第一條。

二

園中有水即滄浪，古井修繩亦可將。

曲徑曾經攜手處，高臺自是讀書鄉。
三蘇文字峨眉上，百代聲名日月長。
我愛琳琅碑帖好，釘頭木屑記甘棠。

七律　登峨眉

入峨眉山，請一導游，其人語若泉流，熟事熟説，生事亦熟説，説山裏事，如數家珍，説山外事，七虛三實，連真夾幻，時復顛倒。且慣作狠猛語，令人驚怪。然回思之下，頗有趣味。

塵埃野馬漫林梢，足踏山泉手作瓢。
川曲深沉迷道路，澗回婉轉弄妖嬈。
方因鐵索瞻金頂，早引禪心到碧霄。
幾樹當風紅未了，車前山女趕新潮。

贈酬之部第二

七古　將進酒

鍾振振先生來内蒙古講學，適余停酒，未能暢懷，賦此以謝。用李賀《將進酒》韻。

接黄鐘，意興濃，謎底小姑非小紅。
牛蹄正味瓷盤貯，草野時鮮五色風。
對大白，思羯鼓，長調歌，胡旋舞。
一任日出還日暮，十萬心花作天雨。
相逢未獲淋灕醉，漢賦唐詩真塵土！

七古　贈諸生

二〇〇九級研究生畢業，感慨于案頭人老，講席漸荒，賦此以贈。用王維《隴頭吟》韻。

我是學詩遼西客，日月銷磨青鬢白。
文名不入居庸關，羞向高臺吹玉笛。
長原大漠未解愁，隴頭之水舊東流。

投筆豪情今倘在，直須徑取萬户侯。
屈宋詞賦誠國器，無如經師老案頭。

七律　寄晗晗

晗晗抵南京，游玄武湖，以照片示予，因遥寄此詩。白鷗鏡波云云，爲鼓勵其了却公家事，適意縱心游也。

五洲擁翠一湖清，玄武當年繞帝京。
水自鐘山鄰燕雀，軍從瓜步閲昆明。
梁園丹桂三秋好，郭璞文華百代精。
吾女來游風色美，白鷗容與鏡波平。

眼兒媚　賀連漪曲飛新婚之喜

春風春水起漣漪，楊柳兩依依。彩鸞比翼，嘉魚鋪水，曲倡于飛。

京華塞上多情地，恩愛此心知。相如庭户，謝家子弟，一往朝暉。

七律　贈印樂禪師

印樂禪師，佛法精深，爲人行事，謙和恬静，有古德風。來内蒙古考察，余幸獲追陪。禪師主持之白馬寺，地位殊特，香火旺盛，濟世惠民，善行多多。

雨霽雲垂意態嚴，登臨況復到峰尖。
排空石亂僧衣軟，遮路林深塞草纖。
飛錫今誰生羽翼，馱經昔聖歷烏蟾。
灘頭一片含冰水，也伴梵音繞舊簾。

七律　贈黄信陽道長

北京白雲觀主黄師信陽來内蒙古考察，余追陪之次，每多執疑扣問，師解説周至，言詞娓娓，每有勝義出。

仙凡境界自雲泥，秋樹君來鳳鳥啼。
事有緣頭連海岳，心無涯涘到山溪。
欲攀丹桂青霄路，肯戀前塵野韭畦。
慚愧興安高嶺外，半輪月色與天齊。

七律　贈房興耀先生

宗教傳統遠，哲思深，有不可言説處。今陪房會長興耀先生登興安嶺，因便詢以平常之規矩理路，大有收益。

長林玉露未凋傷，崇嶺來登對夕陽。
高樺一山分黑白，丹楓滿樹漸青黄。
初心已證人民福，宏旨深明語默香。
歸去何時重問道，且憑形影憶庚桑。

七律　贈李玉玲居士

居士發大願心，有大功德。護持佛骨赴臺灣展出，即其一也。

早知度世用金針，費盡從來寸寸心。
世上梵音聽擾擾，雲間彩幟望深深。
佛言自此當無酒，禪味于今豈顧簪。
絶塞巡行風雨後，沉香縈腕是真琛。

七絶　送輯明兄甘肅履新二首

一

莫戀高林手自栽，甘涼正盼錦衣來。
知兄事業青雲裏，原上黄英爛漫開。

二

君行日近甘涼遠，菊發香深蕊瓣長。
從此圖書雄隴右，春温秋肅待平章。

七律　讀范曾先生《淮將的肩章》賦此以寄二首

一

將軍高義與天齊，兵火連延意不迷。
鄰國三分争裂土，舊邦八駿起揚蹄。
及今遺愛疏籬美，終古留香芳草低。
畫罷江東心未了，更馳神筆頌清溪。

二

當時烏鵲今安在，此地藤蘿每不閑。
一見清溪輝日月，定知正氣塞川山。
從容圖像風雷裏，燦爛文章指掌間。
樹有長春人未老，雲飛漫漫水潺潺。

五古　贈毛夢溪先生

著文文總好，爲韻韻清高。

世界三千大，拈來入纖毫。
從古夢溪者，何辭路迢遥。
未負神童目，雲天一羽毛。

賀新郎　本意

天際雙鴻影。向朝陽、合鳴比翼，殷勤相並。緑草垂楊盈道路，况有鶯聲匝徑。更桃李、獻奇争勝。篆縷銀爐香已透，滿庭芳、不但青梅杏。花與酒，交輝映。　謝家子弟衣冠整。憶當時、睿達發奮，少年英挺。月老紅繩從容系，琴瑟和諧早定。相期作、山長水永。舊雨高朋今日聚，賀新郎、來證三生鼎。浮大白，同歡慶。

打油二首

世多有爲詩文格調低下，俗艷不堪者，因爲短詩以諷之。

一

爲奴蚌老並珠黄，故向人前唤謝娘。
中夜不眠嗔小吏，幾時真做校書郎？

二

艷詩雖若馬牛風，却累枯腸破被中。
更向謝娘呈一曲，惱人綺夢屢成空。

七律　庫布其七星湖

庫布其，大沙漠也，億利集團在其腹地七星湖苦心經營，種草種樹，周圍環境變化迅速，猶如鬼斧神工。

手種成林岸柳高，當風葦葉亦蕭騷。
馬蘭帶露呈新色，水榭朝陽炫紫袍。
波上白鷗飛掣電，天邊沙綫峭横刀。

七星湖畔從容立，敢令黄濤作碧濤。

雙雙燕　賀蘇寧夫何鑫新婚之喜

同心琴瑟，若鳳在高桐，締成佳侶。新婚晏爾，絡繹香車盈路。更有翩翩歌舞。祝比翼，長天翔翥。春臺簫管欣然，河漢光英無數。鐘鼓。寧夫静女。正並蒂花開，好風時雨。明年今日，要賦叠章駢句。來賀枝生玉樹。成就了。山丹心素。男兒志自干雲，况有何鑫襄助。

七律　悼徐斌同學

君腰長若弦在弓，語是流川每不窮。
記誦何嘗遺墨子，咀含終是愛莎翁。
我來北地乘胡馬，兄向南天畫雨鴻。
消息忽傳嘉木折，文章百卷一秋風。

七律　贈友人

兄弟交親數十年，往來口頌與言傳。
此時愧我臨三界，當日期君翥九天。
事業朋儕騰駿馬，文章吾輩寫空篇。
昨宵一酒成沉醉，辜負平生半夜禪。

七律　贈友人

當時文字不相宜，吊古言今草木皮。
未重人間真格調，却襲紙裏舊程儀。
明珠和浦因風静，暖玉藍田着雨奇。
看到蓮花心落落，楊絲縷縷若雲垂。

七絶　寄徐榮敏先生

耽酒新來懶作詩，作詩爲報友朋期。
昨宵又夢江南好，岸柳妖嬌逗雨絲。

七絶　品黄酒

龍山古釀透瓶香，頻洗青瓷勸客嘗。
何處偷來天上露，澆開兄弟好皮囊。

七絶　得德公書法

誰向春深詠落花，德公書法舊名家。
醉余慚愧輕回首，樓角今垂幾縷霞。

七絶　賀《印趣》《墨戲》刊行

印趣初成世上奇，况兼墨戲復淋灕。
吸江酌斗神仙事，友月交風錦綉姿。

七絶　謝榮敏兄爲書壽字

園傍名湖小徑微，園中鉅子隱芳菲。
興來乍展停雲手，壽字長圖只一揮。

七律　觀陳振濂先生大字書法

赴杭參觀陳振濂先生書展，見其大字駭世拔俗，振衰起弊，賦此以記之。

參破桃源境已幽，况兼大字寫瀛洲。
雲垂舜野江湖迥，日麗堯天氣度遒。
如此襟懷真抱月，當前風物好翔鷗。

遥知潑墨非容易，百煉鋼如繞指柔。

七律　讀《壬辰記事》寄陳振濂先生

君愛文章我愛家，釘頭木屑總無涯。
西湖終古多才士，兄是朝陽第一花。

七絶　名師

鼓琴鏗爾衆花幽，人在江山第幾樓。
最羡暮春沂水上，垂髫黄髮作新謳。

七絶　寄友人

未薄南人愛北人，相交兄弟最清純。
亦知濁酒江湖險，可奈龍山萬里春。

七律　寄徐榮敏先生

偶從朋輩認徐公，高古從容君子風。
大筆淋灕書作壽，老壇醇厚酒藏紅。
我來照水欣鷗影，兄自盤空重雨虹。
傾蓋于今真若故，更留白眼對鷄蟲。

七律　贈徐榮敏先生

春風日日到階墀，爲看先生錦綉姿。
佳木巢鶯歌未厭，朝花擎露轉方奇。
有關詩畫朋來遠，無慮根塵燕去遲。
莫漫高樓書姓字，龍山古釀滿金卮。

七律　憶兄弟快飲兼寄深圳諸兄

誰家好酒携來飲，一飲愚兄醉若泥。
汗熱蒸頭兼結綹，珠聯流背漸成溪。
督郵舊郡才臨鬲，從事青州已到臍。
更有方城連地氣，只憑買馬見高低。

浣溪沙　賀貴榮詠花愛女尚書結縭之喜四首

一

當日青春錦綉姿，詠花心事尚君知。長天月皎水平池。　携手曾游芳草緑，同舟爲育蕙蘭奇。果然玉樹建高枝。

二

塞上從來野馬風，况從肆外見宏中。雲霓流浪任從容。　鴻雁春原聲自遠，佳兒青眼愛無窮。冰廬文字大江東。

三

花樹朝陽意氣舒，貴棨有女字尚書。清淑端雅玉難如。生小詩文驚宇内，長成才調動天衢。等閑探取海王珠。

四

求友嚶鳴徹水濱，高朋舉座閱金鱗。袁生標格美無倫。琴瑟于今聽塞漠，絲蘿終古結朱陳。春臺引鳳到天津。

七古　高士歌

何奇先生迴出塵，胸中岳峙與雲屯。
神駿人誇天岸馬，風發我重海王鱗。
想象高軒晴窗下，彩箋妙墨從容寫。
筆底波瀾萬象生，紛披渾涵皆大雅。
有時躋攀上崇峰，問道高天第幾重。

森嚴氣象壓凡近，流雲飛瀑兩淙淙。
有時鐵軍嚴部伍，號令誰何士如虎。
兵戈俱向此中來，大漠鏗訇作旗鼓。
有時秋水灌百川，開張才思最聯翩。
紫鳳天吴從驅遣，長吉齊州九點烟。
有時風柔天初霽，彩練將成階柳細。
緑肥紅瘦淺深描，芳者芝蘭香者蕙。
我從壯歲識吾兄，淡泊堅剛君子風。
吟詩作賦真余事，從容共看九天鴻。
圖籍每成聲千里，馬如游龍車如水。
頻接風采畫未能，且以俚詞贊大美。

浣溪沙　賀吴銀成先生書展

吴銀成先生書法展覽開幕在即，不勝喜悦。因多瑣務，不能參與盛典，十分遺憾。謹賦《浣溪沙》一首，以申祝賀之忱

鐵劃銀鈎幾出塵，流雲飛瀑最真純。朋儕指點贊斯人。　壁上龍蛇新耳目，胸間塊壘寫精神。英金從古是名津。

浣溪沙　賀何奇耶徒蘇士澍先生書展

塞上高秋大展開，靈鷗仙鷺逐人來。天光雲影共徘徊。　携手凌霄騰瑞彩，揮毫絶代暢風懷。長原良馬兩和諧。

滿庭芳　賀瑶瑶韶韶百歲之喜

穆穆金風，油油時雨，愜懷萬里長原。嘉禾雙穗，大瑞落尊前。雛鳳稚龍齊向，慈幃裏，比德並肩。含飴美，張兄筠妹，隔代小芝蘭。　開顔。

老友親交來賀，關情處，韜韜躍若，瑶瑶翩然。是人間最樂，天上極歡。同期許，百歲千年。擎杯祝、根深葉茂，駟馬與高軒。

七律　途中得錦江詩口占原韻奉和

這般模樣鑄秋詞，吟向天荒地遠時。
想是剃來真境界，應無斷送老頭皮。
客中得月飄丹桂，筆底殺青愛紫芝。
堪笑旁人誇不朽，且收鱗介入塗泥。

附王錦江原玉《七律　錦江秋》

一年一首仲秋詞，待到詞窮月老時。
劍銹斑斑驚白髮，刀光閃閃剃青皮。
天憐后羿丢靈藥，神佑唐敖訪紫芝。

快意何須求不死，木雕和尚鍍金泥。

七律　答問再用錦江原韻

王錦江寄予信息曰：「先生筆開妙諦，驚如閃電，怎一個敬字了得！弟因久困于失眠，故剃了青皮，留了中間一片毛髮。前幾日主持通俗文藝界晚會，大家相謔爲返老還童。老師詩名，不賴政界尊位，以厚度與深度而遠播華語世界。近于網絡上見詩詞中國大賽，猶有先生。剛才這首佳構，弟收藏并傳播。」復問：「不知先生游于何方名勝？」因以詩作答。

頻年吾弟著新詞，正是成陰結子時。
不入黑甜青聚頂，肯因肅爽白凝皮。
此番真對周公面，三獻元多海岳芝。
未便長歌驚四座，銀川灘上踏芹泥。

七律　原韻和錦江仁弟

輕負吾家半畝田，已經烏海駐銀川。

囊盛密句青山舊，湖隱長鴻玉鑒彎。
老子天光蒸地氣，名王此昊與何連。
江南物候今西北，七彩灘塗一水淹。

附王錦江原玉《鄭先生仲秋游銀川錦江戲贈》

短鎬長鋤種福田，輕衣快馬下銀川。
王陵黨項天書老，經塔清真星月彎。
西夏曾經雄元昊，匈奴猶有大赫連。
賀蘭山麓牛羊在，童子兒歌范仲淹。

五律　何奇兄五十八歲華誕致賀

内蒙古書協會議期間，與何奇兄同謁阿拉善懸空寺，適蘇蘇飛信來，始知是日乃何奇兄五十八華誕，吉日吉時吉人吉地，歸途更有駿馬明駝引領，誠吉祥天瑞也。

禪從真境得，寺向碧空懸。
好句飛三界，華英繞九邊。
當途迎駿駝，盈目喜山川。
珍重風雲態，相期大有年。

七律　賀友人愛女結縭之喜三首

一

世有清名掌有珠，高車駟馬過尊廬。
早知愛女超凡近，更喜聞簫得意殊。
良夜乘龍成美眷，長風縱筆寫鴻圖。
明年把酒春臺上，共看龍駒與鳳雛。

二

莫向山陬海澨尋，常行日用見胸襟。

平居已愛華文美，出處因循大道深。
未戀异邦綿薄意，長存故國歲寒心。
江潮澎湃如雷涌，來伴今宵琴瑟音。

三

從來好婿好生涯，詠絮階庭最可誇。
多子多孫臻百福，宜家宜室勝千花。
人言和睦真天寶，我感滄桑重物華。
遥想妝成鐘鼓動，端淑應若九雲霞。

五古　得何奇陳振濂二公信息車上口占

何公天縱才，陳師雋上姿。
福田何爲者，异地與同時。
方仰錢塘水，奔騰真不羈。

回看良原馬，一往肆前馳。
風騷成體格，向日在高枝。
十萬虬螭起，二公最稱奇。
既爲當世杰，復擷百代芝。
有時在田野，倏爾登丹墀。
早爲藝壇重，寧作囀春鸝。
書畫成游戲，交誼樹旌旗。
何日三頓首，得拜二兄師。
想像心迢遞，春意已登眉。

五古　水管裂衣衫濕口占亂道諸兄當不笑我也

老鄭東山卧，有時作宦游。
不因耕讀倦，初爲稻粱謀。

也知薄禄命，山童若荒丘。
無奈家園累，左右要綢繆。
未肯成書蠹，豈料作詩囚。
青山經風老，流波與日浮。
塞上多良馬，河口有虛舟。
非關仌路遠，無預釣者鈎。
盈耳聽好語，披風愛翔鷗。
北人尤重水，閑則入南洲。
南洲風色好，况復值高秋。
得入湖莊憩，詩書思故矦。
柔條逾千尺，深樓天寶收。
十萬圖書在，百代逸品留。
賜飲皆佳釀，參論馬風牛。
徐公長者意，濂公美無儔。

中有何奇者，奇在骨相遒。
福田固寒簡，得酒語不休。
諸公松柏永，不弃一黔婁。
有時狂態發，孤憤未須酬。
將相從他去，天地等蜉蝣。
有時静夜思，筆陣萬兜鍪。
不知三不朽，飲在其中不？
昨夜水管裂，濕衣復沾裘。
晨起奇兄早，問訊與常侔。
君今案頭狂，我向水間泅。
境界雖有殊，心氣兩悠悠。
不知榮與濂，此際意孰優。
亂曰是終篇，飛雪正滿頭。

七絶　何奇兄轉贈劉廣新君所書福田拙作詩卷賦此以謝

奉寄何家到鄭家，公心雅尚帶雲霞。
未期與世争春雨，且放中天鳳與蛇。

七絶　聖誕晨起致何奇先生即索廣新電話號碼

廣新電話我原無，却得殷勤寄遠圖。
西節從來無我與，是何聖誕預今吾。

七絶　展讀廣新所書吾詩

薰香撲面展而殊，竟是吾詩入卷圖。
章句從來餘事耳，如今餘事立規模。

七絶　廣新所書拙作題爲《慈翁雅趣》戲以贈之

江山倚杖看無窮，赢得青春唤老翁。
我本疏狂君重我，圖書氣象兩高崇。

七絶　贈何奇陳振濂二兄

荒村年少早聽鷄，讀到天明起駕犁。
最羡濂溪清望在，而今重振與何齊。

七絶　戲贈孫景陽兄

服侍先生愛後生，京西得友盡高清。
晚來小飲豪情焕，唱徹陽關第九城。

七絶　戲贈侯教授

年年西節賀來多，君賀欣然不同科。
設帳九邊聽教授，新詩應勝舊時歌。

七古　元旦前一日贈何奇兄

年來與何奇兄先後赴阿拉善、杭州、北京等地，謁見十翼范曾先生，拜會陳、徐諸兄，于何奇兄之主動善、根本善有深體會，而其近年來之八部著作，紹述傳統，天趣盎然，率皆可讀可賞。予因戲稱其爲「天馬八風」云。

佳節將臨景未殊。山形雪勢兩模糊，
奇公料應侵晨起，舒卷長雲作畫圖。
回思年來多雨露，瑞兆祥光真無數。
九邊已共駿駝親，京華更立擎天樹。
悟則真諦治則方，蒙疆書人起雁行。

栽培沃灌無遺力，不以虛名賺甘棠。
欲乘天風振其翮，朔漠來向江南客。
西湖西子態從容，好結人間雙玉碧。
每于上國望旗旌，大家月旦有令名。
未因鄉願嫌我小，竟效盛世建鷗盟。
書風正大書品毅，仰觀不覺生敬畏。
況有八風天馬來，一吐長原英雄氣。
殷切囑我去虛文，謂言特立必不群。
愧予芥小只粒土，敢期奮迅若虎賁。
宗師大儒日星耀，瘦燕腴環華英繞。
漸將我詩入師心，許我抱沖學長嘯。
黔貴沉沉暗風色，與我同行舉我翼。
善有主動亦有根，此道吾兄行最力。
從來直者結好緣，朔漠先生造其巔。

節候豈是無情者，當報何奇大有年。

七絶　調徐公

徐公清夜坐書城，十里名湖燦爛燈。
可奈樓頭無月色，更誰把酒與吹笙。

七絶　夜飲茶寄郝宇

眼底一甌茶苦水，能澆塊壘幾番平。
侵窗畢竟生眉月，何不從容計遠征。

七絶　新正答秦德森兄

新春賀句百千般，未若秦兄錦綉團。
六月弄孫今夏好，與兄把酒月嬋娟。

七絶　寄晗晗

有女清華境界殊，況兼將育小龍雛。
平生文字千千萬，最愛晗晗一部書。

七古　長歌爲孫兄景陽作

景陽兄爲抱冲范曾先生入室弟子，與何奇兄交誼深篤。其事范曾先生忠謹勤敬，事家人仁孝慈愛，因賦此以贈。

山房素練近丹墀，吾兄聲華弟早知。
況有大儒題姓字，宛如春柳着春池。
前歲春池參泰斗，東風桃李接杯酒。
奇也清俊景也勤，同爲抱冲左右手。
抱冲才與碧天齊，旁人望之判雲泥。
伊誰有幸長濡染，香深碧水共芹溪。

景兄芹溪效龍舞，日仰雲靈與風虎。
天下英俊迤邐來，玉樹芳荃從容數。
先生從容畫古賢，每許高弟作静觀。
野浦塘邊加寶印，蕉蔭鶴頂染朱丹。
染就朱丹詩興起，精騖八極通萬里。
太白子美蕩心懷，辛豪蘇曠無倫比。
豪曠瀟灑書龍門，迅如雷起静雲屯。
仰之彌高鑽者堅，應謝感通造化恩。
造化文章稱大塊，摇筆散珠發异彩。
江東華族代有人，正學宏門寄深慨。
殷勤宏門侍宗師，人間余事草木皮。
自言惟忠惟勤敬，好爲斯文護旌旗。
朝日旌旗泛東海，動摇承天光五彩。
暮色崇岩斂雲霏，三才究是誰真宰。

抱冲真宰溢清芳，寶篆九回香繞梁。
絳帳時開天風動，大雅精芒耀景陽。
景陽忠孝若蘭畹，瓜瓞綿綿傳家遠。
人間諸事惟此深，福報當期千秋返。
千秋交誼得幾人，幾人真個重麒麟。
奇兄景兄主動善，高標相與超紅塵。
飲食紅塵男與女，散向人間作苦旅。
最是吾兄心貫一，爲伊肯將終身許。
伊若清水出芙蓉，常縈心目永在胸。
福田曾得贈書卷，元白風力認偏濃。
何奇真是知兄者，忠孝心力堪書寫。
摯友令閫不可輕，尊師念祖稱大雅。
福田殊者唯一肥，先生笑吾虎賁威。
昨晚況是未飲酒，空食人家野蔬歸。

歸來得見景兄書，竟將高明輕許予。
一覺回龍復一夢，恰與景兄駕高車。
高車駟馬作雄風，前路鏡如指高崇。
宗師摯友怡然樂，北地南天舒彩虹。
劣詩草就正亭午，春暉普照門前樹。
此詩慎與夫人言，盡力之女倘三五？
三五之説只嫌猜，吾兄正直豈有哉。
吟罷起坐憑欄望，神旺重逢共酒杯！

水調歌頭　二〇一〇級研究生畢業感賦並以贈之

君作楚人舞，我欲作楚歌。從他桂折蟾老，時日幾蹉跎。鴻影翩翻夢裏，莫認當年事業，依舊若山阿。青鬢二毛亂，修幹漸成駝。　説章法，評月旦，又如何。滿窗風雨，誰洗文苑鏡新磨。眼底生徒大好，天際春光無限，且去縱舟軻。有酒終須飲，樽俎亦兵戈。

答何奇兄口號

君靈充溢，鞭辟入裏。
自具典則，緣心去取。
諸象綜析，能出能擬。
儒道言行，佛禪義理。
一會萬殊，爲群爲侣。
巨有長山，微呈芥米。
巧者徒勞，喋喋難已。
愚者訥訥，忠輕謗起。
或則顯明，孰直孰曲。
或則歡歡，飲食男女。
奇則深憂，前途誰與。

四顧誰儔，濂公而已。

送友人挂職

已據高壇久，今履武川新。
想象朋儕樂，當軒送遠人。

贈友人口號

百無聊賴，閑得糊塗。
故作達語，腹則空如。
得一點化，多一受用。
不則全蕪，心荒意窘。
奔六漸老，聲嘶力微。
偶或風起，小舞塵灰。

文固凝滯，酒復量窄。
終日孜孜，百凡可怪。
知我罪我，總在庸庸。
施施便便，並世誰雄。
圍棋在手，有攻有守。
贏者得歡，輸者沽酒。
冬寒差忙，猜拳舉觴。
以此放逸，濟我郎當。
窗明日暖，風來澹緩。
深裘脱却，衷心念遠。
争地奪城，兵戈妄興。
不如且坐，搏髀彈箏。
世有佛法，龍之鱗甲。
思之悟之，早晚多寡。

艷艷者華，燦燦者霞。
種豆得豆，種瓜得瓜。
鄰家濟濟，歡聲每起。
最難忘情，進退去取。
有啥吃啥，會啥賣啥。
半夜讀經，哼是不啥。

七古　致廣新君

烏審得逢雨如許，自是天公真厚汝。
從來漠上少長陰，風作奔牛沙若煮。
客舍夜半每生寒，醉後勿令棠衣單。
何當握手青山麓，談空説有到更闌。
君書有味詩亦美，奇兄劇賞無余子。
有時把與老鄭看，軒然能令心胸起。

我生窮鄉景物殊，鬱鬱庭柳共檐榆。
愛君亦出紅山下，爲汝光英作鼓呼！

七絶　贈何奇兄羡其煮鷄子拌涼瓜生涯也

朝臨蘇米暮吟詩，萬丈豪情每自持。
壁上鴻飛歌敕勒，涼瓜鷄子可相宜。

七絶　中秋寄人

颯颯秋霜看濕襟，樓頭月色故人心。
年年認是今年好，遍照家山與舊林。

七律　勉友人

好句誰書半世豪，無關艷李並穠桃。

學文愧入三千界，看鶴曾臨九曲皋。
春則生花秋則熟，晴能作果雨能牢。
滄浪一水經行久，若與青山共比高。

七古　馬印歌寄奇濂二兄以博一哂

何奇兄信息言：「近日讀印譜，見西漢（夏騎）打馬印。或稱火印，烙馬印。游牧文明之始用。此印爲朱文無邊。但遠觀，可以以白文試刻之。大可入老子之知白守黑之境！嗚呼！爲藝術者，匠心獨運？巧奪天工！」陳振濂先生信息曰：「妙思！巧思！何不一試？或能開一新境？」何奇兄信息曰：「試刻之！雙目觀之！一目觀之！以白文入手下力。省力省事且事半功倍的新刻法。有意思又好玩。」陳振濂先生信息曰：「嚴重支持這種别出心裁的新探索。呵呵！」何奇兄信息又曰：「藝術界有濂兄！詩文界有鄭兄！爲奇之大幸！奇不快樂不開心才怪！」余于是回信息曰：「福田旁觀大樂！直北文明遺存，運南國巧思精構細劃，而出以樸拙荒勁之刀法，期待，思之大快心神。」因賦此以記一時之趣。

皇漢有馬大宛來，静若潛龍呼若雷。
檢校十萬長原上，起處奔潮錢塘開。
西北健兒縛虎手，馳騁邊荒吞九有。

能掣牛耳超馬蹄，肯顧白雲作蒼狗。
馴服八駿若等閑，過都歷塊走泥丸。
名馬不向槽頭繫，繫之烈士齒亦寒。
縱放嘶嘯山川遠，洋洋沛沛匹練展。
爲認誰是最驕驄，熾鐵龍文印婉轉。
百世奇行代有驕，書法當下兩妖嬈。
奇生直北濂正南，惺惺相惜賞羽毛。
奇欲制印仿龍文，濂真襄助期鐵痕。
福田袖手不出手，字拙句劣看銷魂。
何時印成懸如斗，良馬脊間早經有。
如斗金印若在腰，平人仰首望驃姚。

七古　答何奇振濂二兄

《馬印歌寄奇濂二兄以博一哂》，一時游戲之作也。陳振濂先生乃有「鄭公善古風，氣暢意舒，淋灕之致。似比律絶更見其酣。且出口成頌，倚馬千言，如此文思，望塵莫及」之評，福田甚爲慚愧，賦此以謝。

無雙國士奇與濂，福田幸得游其間。
才賞錢江增豪壯，復擷塞柳作新妍。
新妍豪壯豈常有，錢江風流塞上酒。
爲君縱酒發狂歌，一片真純貫牛斗。
人間能得幾右軍，幾人飄逸動乾坤。
浮生不言亦如夢，能寫真情復幾人？
昨宵心放不能睡，回想前塵真如醉。
艾司唑侖一片吞，難得糊塗狂語贅。
狂語高行與道鄰，儒者狷者國之珍。
此生倘無知心友，志大才疏是妄人。

七律　贈師友

吾母出身貧家，未曾讀書，心思巧慧，居鄉以仁愛稱。福田大學畢業，任高校教職，生活窘迫，生計惟艱。母親來呼市，與福田同其甘苦。時逢改革大潮洶涌，師友輩多有負笈而行，作孔雀東南飛者，而福田以素喜教育工作，未獲同行。春夜静坐，默思大學畢業至今行跡，感慨係之。

與兄當日指雲霞，縷縷村烟認舊家。
慈母高懷留遺憾，荒原野草晚開花。
心傾實業甘卿亞，浪得虚名愧我佳。
夜半倘能傳素問，青春何不向天涯？

某居士華誕感恩父母

某居士具感恩心，極深至，令人感佩。因作此。

某某居士，于焉感恩：

大哉天地，化育生民。
偉哉父母，鞠養辛勤。
乃有兄弟，羽翼干雲。
乃增智慧，卓犖超群。
乃滋愛情，動人銷魂。
乃生兒女，傳衍人文。
今當華誕，遥致訊音。
瞻拜大塊，篤厚天倫。
噫！
天地真大德，生生意殷殷。
衷心感負載，珍重愛吾身。

五絶　答何奇兄二首

何奇兄欲以文房四寶相贈，囑命人去取，去前與他聯繫，以預爲準備。賦此爲答。

一

孤翁方有作，未許枉敲門。
點破枯荷葉，淋灕灑墨痕。

二

河海滄波入，山川冷意侵。
應憐存斷硯，要許作孤吟。

七絶　寄何奇振濂二兄八首

何奇兄自號孤翁，振濂兄住近西湖，福田長處則唯一酸耳。

一

孤翁卓犖聳孤峰，墨飽誰描壁上松。

好語天南來相許，我兄漠北玉芙蓉。

二

小箋雅淡若朝花，飛燕西湖有舊家。
大筆也書天上字，繽紛散作五雲霞。

三

莫倚詩文記舊吾，余杭跌宕北疆殊。
樓頭塊壘長吟久，却向書壇起壯圖。

四

從來聽雨復聞雷，未料雙虹入眼來。
應是天公新點檢，一時瑜亮兩英才。

五

附驥頻年鑿壁光，欲將劣句入文場。
曾經酒飲杯觥滿，莫漫回頭頂上霜。

六

長天莽蕩赤霞飛，原上三時好雨微。
稅駕迎君隨意致。羊牛款段馬輕肥。

七

畫壁書英各作芒，吟邊夢裏費裁量。
爲伊寧弃江郎錦，留與旁人説短長。

八

相鄰屋宇望無涯，野草墻頭漫着花。
酸味一缸留不住，牽牛蔓上長枝丫。

七絶　贈何奇先生八首

何奇兄大隱京華，于書藝探索彌深，用力彌勤。其書法古而每多創獲，且能頓脱牽絆，忘懷俗事，煮豆烹茶，不廢弦歌，思之令人神旺。

一

缶翁高古漢翁奇，异代風流振异時。
况有靈犀深契闊，舊枝仰罷看新枝。

二

子昂書法鳳凰姿，風尚開元早歲知。
共寫髯公加活力，奇兄今筆賦清奇。

三

好書消得浮杯飲，上火還須蒙藥醫。
最羡仁兄能煮豆，玄禪百妙到階墀。

四

有情有悟有生涯，品物豐饒草樹花。
想見琴書齋裏住，一杯一曲一天霞。

五

福田上火火初深，爲有平常事挂心。

不似奇兄思致好，美文書就抱膝吟。

六

泉源豐沛苦辛多，寫罷南宫寫老坡。
書畫經營能事了，西洋大曲演婆娑。

七

法眼經堂沐手題，書名將與碧山齊。
從風弟子來如水，桃李無言下自蹊。

八

古刹鐘樓對鼓樓，一朝一暮一春秋。
公書昨日懸新匾，風教翩然起白鷗。

七古　甲午新正感賦，用東坡《辛丑十一月十九日既與子由別于鄭州西門之外馬上賦詩一篇寄之》詩韻

得酒慎言莫突兀，漫把牢騷隨意發。
承平景物在庭闈，況有鵬淇慰寂寞。
故鄉雨雪關山隔，幾點歸鴻能出沒。
却憶當年身影薄，依然携手清夜月。
新春春好逢者樂，期聖之心猶悽惻。
流年代序情緒別，馬龍車水去奄忽。
門前聯對今勝昔，從他風來吹瑟瑟。
一紙詩成杯未空，眼耳鼻舌司其職。

七律　寄友人

年來摯友接兒居，譬若幽蘭在近隅。

梁燕三時巢素棟，心香八面映修眉。
深恩未報當春好，舊事長縈結子痴。
月半月圓同涕泪，人生到此悔詩書。

爲友人集字成雜詩十四首

五古 大野

大野勝桃源，童叟正負暄。
嘉魚游曲水，靈鳥舞春原。
墨潤文章老，雲清氣象軒。
行人當此地，心事不須言。

五古 秋來

秋來水浩洋，雁陣看成行。
作字軒窗暖，吟詩口角香。

圖書須静對，瓜豆得新嘗。
深谷高陵外，人間日月長。

五絶 秋來

風來欣牖净，舟去喜河清。
簾外陰陰雨，吟邊淡淡茗。

四言 環中

江河經地，日月盤空。
花繁草茂，淵深岳崇。
魚龍生化，憑靈禦風。
南華吾道，能得環中。

四言 射雕兒女

馬足聿皇，雁羽齊揚。
射雕兒女，麗服華裳。
高風獵獵，野嶺堂堂。

嘯歌萬里，雨洗雲鑲。

四言養生

風微日暖，雨霽霞明。
山馳水走，鳳翥鳶從。
良朋益智，典册養生。
海棠嫵媚，幾朵高擎。

四言斯人

春原氣韻，秋水文章。
温其似玉，肅哉猶霜。
德深黎庶，思接鳳凰。
忽焉遠引，永矣高揚。

四言原郊

蒼林其鬱，高鳥乃巢。
下覽白露，肅斯原郊。

四言變化

鯤魚自北，海運圖南。
逐日翻風，大輿翠翰。

四言黑白

無雙點畫，仰止清高。
黑白天空，龍角鳳毛。

四言星日

星日臨野，陰陽衡天。
真書勝酒，大畜有年。

三言黄金臺

四維立，天闕開。
魚龍起，鷗鷺回。
携手向，黄金臺，
聽鼓角，走驚雷。

三言　好景

朝露起，紅雲開。
青牛隱，白馬來。
迷好景，愜心懷。
縱歌吹，莫徘徊。

三言　奉金尊

奉金尊，臨九有。
在都邑，晉牢酒。
若野田，陳衆缶。
樂無疆，及新柳。

五古　寄何奇兄

何奇兄每自製午餐，甚爲精美，令人食指頗動，賦此以寄。柴依若，大提琴之外文讀音。海力斯，何奇兄愛女，時在倫敦游學。

晨興因墨妙，椽筆美文辭。
手倦食思動，明厨肆指麾。
牛排煎欲嫩，羊肉炖須遲。
調味加新鹵，佐餐入紫芝。
面條如道法，米飯得須彌。
出屜均争氣，上桌盡成飴。
高人將玉箸，好具展名瓷。
鐵蓋茅臺貴，西芹脉理奇。
回思欣至味，細品發甘怡。
小飲當新牖，微吟對短詩。
野茶初采擇，活水遠流施。
自是禪境界，何關俗龍螭。
午間須小睡，静裏去重疑。
有夢憐花媚，長行惜烟垂。

醒來都一幻，忘却是真知。
耳畔柴依若，天涯海力斯。

七古　贈孫志鈞先生

孫志鈞先生畫册發行，莅呼作捐贈。予以事外出，未獲追陪，賦此以寄。用老杜《丹青引贈曹將軍霸》詩韻。

志鈞先生大姓孫，名重吾華工筆門。
當年青山初展翼，鴻印雪泥至今存。
從來殊遇成殊稟，拔萃藝壇作領軍。
長原綿亘九萬里，八駿長嘶野垂雲。
都市茫茫竟何見，舉目皇樓與陛殿。
偶有良馬駕高車，鞭捶之下乏生面。
未若奔騰動萬毛，來如迅雷去如箭。
十百成群豪興飛，風烈飆驚齊參戰。

前賢競畫古名驄，骨相風標自不同。
韓干氣象照夜白，趙霖六駿勢追風。
公麟先生五花杰，子昂秋郊一望中。
能托死生徐公出，駿足行處萬類空。
天馬只在長原上，志鈞朝夕得相向。
遠看馳驟氣度嚴，近觀曝背除惆悵。
赤電晨梟皆好名，筆底描來龍形相。
及身一匹隨縱横，能使蛟螭膽氣喪。
下筆從容奮精神，鴻蒙運轉元氣真。
居然寫光兼寫霧，畢竟曾經牧馬人。
能將静謐顯博大，不似庸者手法貧。
今來九邊酬雨露，男兒豈是等閑身。

五律　賀何奇先生壽

原上高風潔，兄臺樂壽奇。
來鴻欣愛女，歸雁戀長枝。
花卷香尤遠，牛排味更宜。
天涯同舉首，朗月照修眉。

七絶　小詩用振濂兄意境以寄兼奉何奇兄三首

一

應是平湖水漸凉，秋風澹蕩蟹殻黄。
有雲况對年來月，介壽清光小舉觴。

二

詩書何日復交親，抵掌人間幾鳳麟。
叵耐嬌紅無檢束，殷勤也化酒盈尊。

三

桃李無言下自蹊，英雄性氣九霄齊。
寒温問訊關心久，絶勝飛鴻印雪泥。

漢宫春　恭賀楊帆張田新婚之喜

得意春風，向飛雲報喜，大野催花。高臺簫史朗麗，誰伴韶華。秦娥若玉，正無雙、瑶草披霞。欣比翼，良辰美景，同心宜室宜家。　爲問揚帆何處，要名高部伍，譽滿天涯。共期荷田接葉，玉樹生芽。庭萱未老，與兒輩、穩泛仙槎。應又是、當年詩酒，從容萬里輕車。

七律　寄石玉平兄二首

聞石玉平兄因病手術，詢楊成旺兄知其所得疾爲憩室。竊以玉平兄才高八斗，今又天假一囊，以貯美酒佳材，因賦七律二首贈之，供兄静養時一笑。

一

猶記當年醉折肱，相尋夜半作宵征。
初來把臂情真切，臨去回頭意不勝。
知我等閑誇句好，感兄駿逸寫龍騰。
吉人自古多奇相，一舍殊藏百事興。

二

吾兄行跡若翔鷗，北地南天自在游。
洗馬披風春野秀，驅舟破浪大江流。
妙詩已是聯章發，美酒居然築室休。
漫向九原書姓字，相奇貌古占高籌。

憶江南　甲午正月初一日醉後打油戲贈遼寧大學中文系七七二班數同學十首

一

邱東好，碧水緑彎環。上下東西隨意走，吟紅賞翠錦綉團。朗月與青天。

二

盧兄好，買馬善運酬。德國真啤隨意用，黑甜鄉裏縱心游。極地到南頭。

三

曦娟好，心態可封侯。萬事能從風蕩去，一心只向樂中流。網上每綢繆。

四

王偉俊，瀟灑弄風流。吏部文章當日事，翰林詞藻網中收。更上一層樓。

五

齊班長，手裏握真荃。言語不多文理好，勝如我輩野狐禪。何況正當年。

六

童靴會，男女坐成排。望重曦娟抬上去，贊歌立馬唱起來。老鄭樂開懷。

七

當群主，譬若坐高臺。説話稍多風氣壞，發言略少受編排。一脚踹回來。

八

文卿好，小草勝仙株。海上移來蘭慧質，九邊培得玉難如。頭像美人殊。

九

福田老，諸事盡因循。開會天天頭發脹，當時慚愧偶爲群。睡覺霧隨雲。

十

呼改革，快去换新天。有義有情同學會，天南地北盼團圓。都要贊曦娟。

七絶　甲午新正賀年

外孫姓馬，蛇年出生，故詩中有小龍駒云云。

東風新浴小龍駒，南國春來景物殊。
我自野人閑曝背，君方海岳起鵬圖。

七絶　贈劉偉

當年越女用新聲，春水春風可限情。
北鄙猶能端正好，座中羨殺老書生。

浣溪沙　賀陳晗晟先生水墨畫展開展

陳晗晟畫展，賀以韻語，敬頌愈進愈新，大著大成，彪炳輝煌，振風氣于後昆。

浮海長行羨有年，幾人真見人羅仙，漫將心事系飛鳶。　作畫聲名容易有，立言形勢等閑看。一重山後萬重山。

七律　挽譚博文先生

譚先生曾任内蒙古政協副主席、内蒙古詩詞學會會長，于振起北疆詩風，爲功至偉。

九皋鶴唳九天聞，竟以無垠化有垠。
終古西江清逝水，從來南漠晚歸雲。
曾因舊雨營時瑞，不忍新正賦悼文。
爲報窮邊詩教遠，風檣陣馬送譚君。

七絶　感事贈友人

七年前聲帶左側手術，七年後復于右側施刀切削，當年情景歷歷也。

七載真如試玉期，聲華慚愧遜當時。
奏刀削得閑人老，寶樹成蔭子滿枝。

七律　聲帶手術後寄友人

頻年學術渾無益，一帶聲華兩削修。
音發初如蓬裏雀，身馱漸勝漠邊舟。
三千世事隨人意，十萬銀絲上我頭。
爲問有花兼有月，幾番照水到中流。

賀《豐州文史》出刊

翁牛特旗《豐州文史》出刊，着意鄉邦文獻之整理收集，有功于社會，造福于桑梓。玉龍陶鳳，翁旗之典型文物。

玉龍陶鳳出唯潢，文化昌明甲一方。
大野山紅憑向往，香花十萬正琳琅。

七古　外孫誕生喜不自勝作七言古以贈之待其長成讀之將有所感也時癸巳五月二十四日

雨潤萬有青峰崇，空霽雲飛蘊彩虹。
邊城自是風色好，九疇行知穀菽豐。
昨宵夜夢觀龍舞，部伍歡忭真如虎。
共迎天馬良駒來，滿路祥光足生羽。
汝母秀若日光晗，汝父遠翥向龍潭。
前年結縭簫引鳳，今兹育汝勝于藍。
從來异兒具殊稟，愛汝含珠趣味永。
遵行世法右者齊，百丈華英曾繞頸。
汝母勤勤記夙初，十月孕汝安且舒。
崇右蓬勃體豐碩，頭角峥嶸化龍魚。
今當吉日聞鵲喜，清榮草木香蘭芷。

申時爲慶汝誕生，露作珍珠霞成綺。
早知階庭得蘭芝，數世修齊終未移。
從容掣鯨江海上，汗青功業耀門楣。
滿把金銀與翡翠，何如外孫承天賜。
外公得汝喜欲狂，大白淳醪圖一醉。
祝汝健康期汝成，望汝耳聰共目明。
春風秋水皆好境，况與鵬鷗締心盟。
吾家素貧漸作雅，詩書萬卷南窗下。
太祖九十尚能教，塗鴉任汝恣揮灑。
言由衷發語愈親，乾坤今日勝陽春。
敬禮自然參天地，右奇真如小麒麟！

一花叢　學習寄懷贈同學諸君

春花帶露向朝陽，翩翩蝶飛翔。閑亭近水風行遠，恍如寄、閬苑仙鄉。萬縷柔條，三回曲岸，新燕試芬芳。　當年窑洞煥輝光，前路正茫茫。指南一有延安塔，便衝破、長夜寒凉。修我學行，群星拱斗，功業自煌煌。

七律　贈部風濤兄

吟和逍遥舉酒卮，狷狂竟若少年時。
借他卉木開還謝，洗我襟懷曲共詞。
疑怪能探真境界，原來曾屬大旌旗。
草原風色年年美，八駿飛揚待好詩。

七絶　贈部風濤兄

掠燕名湖詠緑絲，吾兄才氣未稍消。

當年明法經綸手，曾伴春風動海潮。

贈郝宇

讀事專，使事煩。
心與力，莫兩難。
應使風行雷厲，快讀酌斗吸江。
起步常行日用，成就天海滄浪。

贈何奇兄二首

一

何奇兄，生甲午。
身如松，志如虎。
一朝放開手段，直欲截斷西江。

爲書翔天行地，作論珠玉琳琅。

二

天爲上，浩無涯。
吾相隨，諸事佳。
不問秋收春種，一任冷暖晴陰。
當年文華朗俊，而今百福駢臻。

七絶　爲外孫小馬駒寫真以寄諸親友四首

一

峥嶸頭角玉如温，堂上今朝得外孫。
爲見親人生百福，一聲啼報喜盈門。

二

七斤六兩馬鵬淇，祝汝平安要汝知。

睡要安然食要飽，朝朝盥沐在新池。

三

晨興最愛數聲啼，嘹亮雲中報曉鷄。
是好男兒音域廣，抑揚頓挫待品題。

四

快樂無憂小馬駒，有時夢裏動身軀。
新荷才露尖尖角，串串珍珠出玉壺。

記快樂小馬駒以寄諸親友八首

一

淇淇淩晨起，起來自己玩。
小手逗逗飛，全家喜開懷。

二

淇淇穿棉衣，又輕又温暖。
全家真快樂，幸福永滿滿。

三

淇淇剛理髮，衣服焕然新。
咿呀初學語，清麗勝歌吟。

四

淇淇照片來，心如飲甘醴。
越看越喜歡，多吃一碗米。

五

淇淇玩黃橘，小手最靈活。
一手拿一個，心裏真歡樂。

六

淇淇聽音樂，眉眼更欣然。

繞梁蕭韶韻，潺潺若流泉。

七

淇淇咯咯笑，姥爺伸手抱。
忽然撒珍珠，珍珠童子尿。

八

淇淇能翻身，虎虎真有力。
將來大鵬飛，前程九萬里。

七律　奉和范曾先生《讀習近平主席在文藝座談會講話》

抱冲持節向朝陽，蕩蕩無私奉瓣香。
騷雅及今聞鼓角，山川從此待文章。
心隨大國神行遠，賦詠三邊風化常。
浩莽潮音花若海，繽紛兆萬是康莊。

附范曾先生原玉

皇圖八萬沐初陽，聳岳奔川隱佛香。
早覺神州辭厄運，欣迎大塊著文章。
龍吟昊宇當非昨，鳳擇高枝勝往常。
妙筆丹青輪斫手，揮鞭電掣向康莊。

七古　十翼先生盛會歸來

從古斫輪稱聖手，先生聖手古今奇。
九邊草木承朝露，正是秋深果毅時。
深秋爽氣滿高城，天縱英華會帝京。
班馬才難頭漸白，賈陸春青志初萌。
青春白頭相共語，原是康莊同道侶。
多年卜得相見歡，携手殷勤問爾汝。

爾汝殷勤念舊恩，別來海立并山奔。
文章有價誰金玉，寰宇無垠幾雁痕。
金玉自輕痕自重，浴火涅槃曾與共。
縱横四海貫中西，江東文脉承唐宋。
中西今古韻味長，冠冕書畫與文章。
今來盛會沾雨露，人間正道是滄桑。
時雨天露皆甘旨，中華文明真善美。
北辰居處衆星環，涓滴汪洋一江水。
星環水聚漸爲雄，抱冲秉節唱大風。
國故充棟從掇拾，正學宏門早高崇。
崇高書畫識者看，表彰堯民寸寸丹。
出關老子真知道，同行有師眼界寬。
努目奮髯劍在手，鍾馗正氣塞九有。
風塵三俠志凌霄，一任白雲變蒼狗。

盛會歸來氣格新，神思軒舉欲出塵。不向朋儕説花絮，要須營造滿庭春。春色滿庭聞鵲喜，肯忘邊疆閑弟子。新詩吟罷命唱酬，陽光無私照遐邇。

賀新郎　恭賀大千丹丹新婚之喜

燕子殷勤語。羨丹丹、大千恩愛，情深如許。携手英華誰得似，簫史相逢秦女。欣然向、春臺容與。要結絲蘿金石固，任平生、前路時風雨。同淬煉，歷寒暑。

和鳴鸞鳳堂前舞。憶當年，春暉寸草，海凝山貯。琴瑟今朝偕佳偶，贊禮從容記取。莫辜負、人間仙侶。且待新枝成寶樹，遍天涯、瑞靄盈門户。興偉業，雲龍翥。

七律　賀南通大學范曾藝術館開館兼賀范曾先生

鼓舞傾城愛此翁，好風駘蕩沐高崇。
廣陵絶散心成史，滄海行歌浪作峰。
繞閣池魚知我樂，接天雲氣向陽紅。
復興文化千秋業，耀眼華光是抱冲。

七律　原韻奉和范曾先生《范曾藝術館克成述懷》

雅奏傾城徹九霄，江東文物焕新標。
廣陵逸散宫商發，滄海高行雨霧消。
眼底魚鳶從飲啄，樓頭氣象肅浮囂。
吾華盛世風流遠，家國光英薦舜堯。

附范曾先生原玉

老柏千齡透碧霄，參天黛色足堪標。
連宵夜雨行看息，遍地沉霾霍已消。
國脉更新無燕啄，詩傳克紹笑鴟囂。
煌煌盛世程如錦，不信神州絶舜堯。

滿江紅　原韻奉和范曾先生《慶祝反法西斯戰争勝利七十周年》

碧水青山，忍付與、賊蛇盜蝎。雷霆怒，狂飈急雨，便張天伐。萬片衣砧成博浪，四方馬革包忠骨。更終軍，攬轡奮長纓，雲飄忽。　家國恨，心永結；山河復，刑須設。况死灰燃燼，孽余吹屑。島虜城狐空擾攘，堯封禹甸滋光烈。看吾曹，挽臂振雄風，迎飛雪。

附范曾先生原玉

野火狼烟，全球起，猖披虺蝎。盟軍幟，電馳風掣，亞歐齊伐。七十年前凶兕齒，三生石下傷心骨。只此時，余孽種猶存，寧輕忽。　東京縛，懸繩結；紐倫鋳，臨刑設。耻夷酋拜社，欲燃殘屑。鋼鐵長城今聳峙，威儀上國何端烈。挽臂祈，百尺豐碑前，花如雪。

望海潮　和十翼師《記乙未羅馬畫展受勛》

野玫含露，驕陽拂鬢，個中韻致誰儔。爽氣東來，鴻文北漸，輝煌遠渚長洲。一樣起離愁。有詩酸共九，險句相謀。彼處星明，此間霞彩，倩人收。　往還要具深猷。縱復興聖地，肯斂光彪。畫已懸廊，勛齊裂土，堂堂絶代風流。踪跡足千秋，看我公聲譽，天下奇叟。且解金貂换酒，海岳願同酬。

附范曾先生原玉

地居中海，激波興浪，獨行特立無儔。鐵騎卷風，長纓挽勢，風烟雪覆三洲。往事足堪愁。忍宫闕糜隳，國脉難謀。夜祚驚移，萬聲獅吼，寂然收。　踪跡畢竟宏猷。看如林雕鑿，誰並光彪。梵蒂古城，西廷聖殿，何慚纍世傳流。帝寢接春秋，懸滿墻神逸，來自東叟。許佩勛章統帥，孤抱醉時酬。

七律　敬和十翼師《自嘲》並申景仰之忱

望海潮音任海馳，往還許我縱頑皮。
每聞歐陸沾時雨，便對先生簇錦詞。
爲避俗流徵險韻，由來大國重威儀。
宵深也向閑庭立，想像春風伴酒巵。

附范曾先生原玉

范曾于巴黎，讀鄭公和詞，至有詩酸共九，險句相謀，大笑，乃作七律自嘲，知望海潮語焉不暢，鄭公以險句諷之。鄭公其依七律韻更和之。

吾有豪情域外馳，將軍相鼠信存皮。
弄潮酸九恣奇意，來和當初偃蹇詞。
羅馬古宮陳杰構，凉臺夜景看莊儀。
無由險句何謀得？且敞胸襟灌漏巵。

題詠之部第三

七律　詠烏蘭夫八首

一

烏蘭夫，曾用名雲澤、雲時雨，化名陳雲章。一九二三年夏，從歸綏土默特高等小學畢業，考入北平蒙藏學校，學習期間，與李大釗、趙世炎、鄧中夏相與往來，深受影響，奮厲有當世志。

大青山畔現新光，河正冰堅夜正長，
九地應期時雨澤，嘉名故有好雲章。
讀書舊里澄懷抱，家國衷心起鳳凰。
革命先驅良我友，相攜此日作龍驤。

二

一九二四年四月，烏蘭夫與多松年、奎璧等人創辦《内蒙古農民》。一九二五年六月，烏蘭夫被中共北方區委選派去蘇聯莫斯科中山大學深造。畢業後留在莫斯科東方大學、中山大學進行教學翻譯。同年六月，參與中共六大會議文件的翻譯工作。一九二九年六月，他堅決要求回國工作並獲准。

鄉邦遺訓至今傳，從古英雄出少年。

滿把心香欽馬列，一刊火種獻新天。
留蘇歲月鮮花美，問學青春赤幟妍。
擊築歌呼當日事，吾華重任在吾肩。

三

經烏蘭夫等共產黨人策動，愛國軍人雲繼先和共產黨員朱實夫帶領蒙政會保安隊于一九三六年二月二十一日在百靈廟舉行武裝暴動，打響了蒙古族武裝抗日的槍聲，被毛澤東譽爲「可貴的草原抗日第一槍」。此後，烏蘭夫幫助雲繼先和白海風將暴動部隊改編爲蒙旗獨立旅。

東來寇盜普天暝，碎我金甌入我庭。
一國人民同水火，九邊草木肯娉婷。
且舒豪氣憑只手，乍放春雷降百靈。
從容破賊英雄事，爲報鄉關品物榮。

四

抗日戰争爆發後，烏蘭夫擔任蒙旗獨立旅政治部代理副主任，并擔任共產黨地下黨委書記，堅決貫徹中國共產黨抗日救國十大綱領，爲這支軍隊成爲當時蒙古族中最大的抗日武裝起到重要作用。一九三八年初，蒙旗獨立旅開赴伊克昭盟。五月，蒙旗獨立旅改爲國民革命軍新編第三師，烏蘭夫擔任政治部代理主任、共産黨地下黨委書記，並按八路軍建制在部隊建立了一整套政治工作系統，開展部隊的政治思想工作和地方群衆工作，使這支部隊在極困難的條件下，長期堅持鄂爾多斯高原的抗日鬥争。一九三九年春至一九四一年夏，配合第三師師長白海風指揮部隊，多次擊退日僞軍對伊克昭盟（今鄂爾多斯市）的進攻，保衛了陝甘寧邊區的北大門。

鳴沙大漠洗弓刀，獵獵長風卷戰袍。
保國真能稱國士，仰天曾不愧天驕。
花開此日英華遠，人在當時道路遥。
浴血干城功績在，延安寶塔聳雲霄。

五

抗日戰争勝利後，烏蘭夫致力于内蒙古民族自治運動。一九四五年十月，成功解决了「内蒙古人民共和國臨時政府」問題。一九四六年成功地召開了在内蒙古革命史上有着重要意義的「四·三」會議，撤銷了東蒙古自治政府，爲建立統一的内蒙古自治區奠定了基礎。一九四七年四至五月，成功召開「五·一」大會，勝利宣告中國第一個少數民族自治政權——自治政府誕生。爲形成多民族大團結的群星麗日般的局面做出了榜樣與貢獻。

驅寇功成不自居，奔波辛苦未稍疏。
國家統一千秋始，民族和諧百事初。
花好月圓開境界，霜晴雨霽走舟車。
江山最是承平美，更對群星麗日如。

六

在國家三年經濟困難時期，烏蘭夫把江蘇、浙江、安徽等地三千多孤兒接到內蒙古，撫養成人，詮釋了人間大愛與草原人民的壯闊情懷。

饑渴當時滿道途，况兼兒女弱而孤。
衣衫盡解懷中舊，奶粉全分帳下酥。
呵護要如親母子，關心真似小於菟。
草原遼闊雲飛遠，眼底三江共五湖。

七

三年經濟困難時期，烏蘭夫把老舍、梁思成等人，接到內蒙古來「抓膘」（在北京吃不着東西，到内蒙讓他們吃飽、吃胖再回去），傳爲佳話。表現了他與衆不同的情懷。

君有鴻章并偉辭，流風余韻亦旌旗。
雖逢國運艱難日，未是人心澆薄時。
十步崇文迎勝友，三餐待客獻膏糜。
抓膘莫認尋常事，擊水鯤鵬大翼垂。

八

烏蘭夫創建烏蘭牧旗，豐富人民生活，展示草原文化，歌頌人民中國，祈祝草原吉祥。

春風拂鬢彩雲飛，六尺名驕錦綉衣。
曼舞婆娑逢盛世，長歌激蕩向朝暉。
馬頭琴好深情永，敖包山高健足威。
友月交風天作帳，爲祈草盛馬牛肥。

鶯啼序　題石玉平先生《烈馬追風》三首

石玉平兄攝影，角度眼界，安排位置，特色獨具。參加平遥國際影展前，予爲其參展作品作七言絶句一組近四十首。至其攝影集《烈馬追風》付梓，又爲其三部分各填《鶯啼序》一首，分别爲緑玉之原、黄金之原、白銀之原。《鶯啼序》調長，三首聯翩，寫來淋灕痛快。

緑玉之原

東風早傳消息，道春陽和煦。平岡遠，淡緑鵝黄，滿目草色如許。痴兒女，多情似我，輕衫已换貂裘去。漸風流雲卷，飛揚綺思千縷。　天净香飄，健蹄所指，看鶯歌燕舞。有綉帶，并轡逍遥，人間多少佳侣。過瑶池，滿灘踴躍，洗九馬，振其毛羽。更長虹，貫日貞剛，排空神武。　年年新景，歲歲陳詩，光陰成逆旅。勤拂拭，當前好鏡，取象聚焦，檢點鋒芒，經歷烟雨。低吟宛曲，長嘶激越，壯聲滂沛經行路。正八駿，險阻從容渡。都來眼底，茫茫海若長原，翩翩神龍翔翥。　一川深碧，宛似天津，嘆夕暉朝露。怕辜負，關山事業，尚在徘徊，委弃黄鐘，滴殘玉箸。今朝得意，雷行沙起，如弓一綫千鈞馭。任相傳，氣勢真如虎。

等閑華貴衣裳，六尺名驕，縱横誰與？

黄金之原

韶華悄然代序，只涼風乍起。天陲遠、雁陣歸來，見説猶有余翠。嶺頭樹、繽紛萬狀，妖嬈幾個妝金髻。更菊開瀟灑，隨風展其芳蕊。千里長原，騰雲掣電，認天驕舊地。草黄處、馬正肥時，健兒連肩把臂。解銀鞍、歡呼雀躍，舉大白、與君沉醉。月團圓，無限山川，一泓秋水。人生不老，卉木還欣，進退從容事。携偉鏡、登高臨遠，摇露迎霜，早策名駒，晚巡上駟。當流漱石，眠荒枕玉，這般情調真純粹。況聯翩、兄弟結成隊。杜郎俊賞，分他磊落才思，助我十分豪氣。此間萬物，秋實春生，正轉輪不已。任點檢、禾麻黍麥，海積雲屯，駝鹿羊牛，波盈濤纍。承平景象，吾民安泰，常將好句歌盛世。構新圖、無往非良驥。始知伯樂仁懷，豈但吟邊，要從心底。

白銀之原

彌天朔風勁健，凍高原若鐵。八千里、蠟象銀蛇，遍體寒玉澄澈。岑夫子、初臨塞上，梨花敢比晶瑩雪。算何如此際，一呼白虹凝結。逐日聲名，凌雲氣度，渺山川空闊。江南事、支道當時，早誇神駿奇絶。炳龍文、連錢五色，踏舊壘、蹄音明滅。更悲嘶，駭世驚人，此心尤熱。氣吞荒嶺，席卷層冰，都道真汗血。渾不記、來從何處，住向何方，仰露餐風，諸多鱗屑。石公有約，三冬爲伴，清輝炯炯天心月。且殷勤，寫爾卓如骨。喟然嘆曰：忍教短壁頹垣，束縛世間英物！驪黄霧隱，大野茫茫，正險夷相接。向前路、龍騰虎擲，鼻息干雲，鬃尾飛揚，一旦争發。青春牧者、寬袍長袖，酣歌快舞情激越。念相知，滋味年年别。從容裁取形神，春水回時，柳眉新葉。

七律　中央黨校校史館

收拾精芒入此堂，經營方寸展輝煌。
琳琅舊物成新史，耿介群英發故光。

百戰真能知國士，四言早許閲龍驤。
年年後進傳薪火，大好山河萬事昌。

七絶　日出

欺雪追風滿苑香，也憑小閣看朝陽。
如丹赤色全天下，廿二樓頭嫵媚妝。

七絶　黄刺玫

名近荆茅艷是花，幾枝摇曳向人斜。
從今莫道詩翁老，曾取清新入舊家。

七絶　梧桐花

喜看長條綴紫葩，慣于春暮占春華。
當風每嘆金鈴好，蝶使蜂媒忍作衙。

七絶　牡丹花

裊裊何時下玉堂，一徑紅深十里香。
燒燭髯翁無覓處，却調萊卡照花王。

七絶　錦帶花

纖細柔枝淺淡妝，一花爛漫一芬芳。
海棠顔色忽輸與，結袂聯翩上陂岡。

七絶　棠棣花

一片花生顫㒹枝，義山當日寫殊姿。
友于兄弟融融意，未到蒹葭夢已痴。

七律　碧桃花

香風一旦啓人扃，便有奇花作畫屏。
得露欲流欺李潤，含苞半放若蘭婷。
高枝向日從來好，曲幹扶葩自在娉。
好種未知何處得，詩言如月復如星。

七律　紫藤花

國色連朝艷若霞，傾城都道重芳華。
春陽肯負連雲索，舊雨相逢綴玉蛇。

寂寞憐君生細蕊，從容任爾放新葩。
深緣故是多纏繞，百媚原來盡可嗟。

七律　蒲公英

貼地婆娑葉不妍，詩家誰肯認嬋娟。
逢人擇采憐根白，以鹵相加愛味鮮。
留莖着花臨曲徑，因風吹傘繞荒阡。
莊生畢竟何爲者，也共知音上九天。

七律　金銀木

看花入水惜花衰，綠瘦紅肥各有時。
清曉我探香勝雪，中天月照影多姿。
玄言佛語皆同夢，風卷幡飛共一痴。

但使好緣結好子，高秋節候絳雲垂。

七律　紫花槐

平常卉木立平岡，風送微微幾縷香。
放蕊隨緣迎蝶舞，開花無意逗鶯翔。
槐能變種猶龍鯉，物可通神法太陽。
未便西來皆國色，春深甘與草同芳。

七律　綉球花

不向山頭向樹頭，色如赤日狀如球。
好風一派初雲美，新萼三環小賦愁。
寧證平人荆釵約，無關權幸玉環鈎。
有情歲月無情水，終古洪荒晝夜流。

【黃鍾】人月圓・夕陽

飛花撩繞真如夢。池榭正迷蒙。草尖林表，渾圓挂我，如鏡嬌紅。（幺）休驚啼鳥，輕移竹影，只此融融。閲人間世，新來梁燕，歸去英雄。

【仙吕】青哥兒・迎春花三首

報春第一

新生盈懷情愫，最難分塞上京都。眼底殷殷盼蕊舒，嫩緑鵝黄看模糊，人如鶩。

飄香第二

春信風輕雲絢，看蜂兒亂舞翩翩。水畔黄花早且妍，异彩奇情占幽燕，香波濺。

淡泊第三

當時枝頭孤俏，任誰何與我争嬌。待到春深意更逍，緑葉紛紛上柔條，由人笑。

【中呂】喜春來・春景賦三首

春色第一

青楊細葉從容擺，爲報春花次第開。垂髫黄髮共徘徊。慎莫怠，明日早些來。

玉蘭第二

昨宵大白生新粉，怪得人言玉作魂。小喬着露浥香晨。心不忍，飛絮亂芳芬。

垂柳第三

池邊誰與垂青笐，一舞東風萬柳條。等閑折斷小蠻腰。鷗鷺叫，流水映虹橋。

【越調】小桃紅・春花吟三首

杏花第一

春來誰令滿園新，老幹青枝嫩。育蕊含苞着深韻。肆其芬，花開爛漫花心潤。陌頭壠上，東風吹起，萬點是芳魂。

桃花第二

池塘春水漸融融，蝶入莊周夢。穠麗由他枝頭弄。若兒童，歡心指點傾心送。開應香艷，落休輕薄，一樣晚雲中。

紫荊第三

來從根上看花稠，淡淡熏衣袖。猶記當年香初透。令清流，家聲重振千年秀。珠還合浦，團圓時節，瀲灩我神州。

【南呂】一枝花・碧桃

花開向日親，蕊展流霞燦。前宵猶紫身，一夜换紅顏。香滿塵凡，過客歸來晚，留連去住間：認梢頭、爛漫雲華，是家鄉、風流畫坂。

【中吕】山坡羊·丁香

形清骨秀，花新影瘦，連環春色襲人袖。瓣兒柔，蕊兒幽，香雪成團和枝透。狂客騷人休唤酒。身，任意留；心，任意留。

【雙調】水仙子·貼梗海棠

嬌紅簇錦作奇姿，艷蕊從心心有絲。伊誰寫意明情志。啓旁人無限思：鄰家兒女抹胭脂。顔色知何似，詩人有好詞：西子參差。

【越調】天净沙·西府海棠

移來何處朝霞，人間無此奇葩。一個巍巍舊塔。恩波揮灑，馨香醉了人家。

【雙調】殿前歡·櫻花

綻春華，此花顔色比雲霞，風斯上矣風斯下。遠遁天涯。依稀碎影斜。模樣誰卿亞，遭遇隨緣化。櫻花誤雪，雪誤櫻花。

【南吕】四塊玉·鬱金香

曲徑旁，青枝上，粉蝶翩翻戀醇漿，金琉璃盞由他漲。酌則良，挹則芳，風信颺。

七律　題李俊義《趙玉豐年譜》二首

李俊義賢弟爲人忠厚樸重，出身中醫世家，近年爲鄉先賢趙玉豐氏作年譜，體例謹嚴，事理條暢。表彰揄揚，翔實有徵。書成，俊義請予爲數語以弁其端，因成七律二首應命。

一

鄉邦文物最清榮，書室泥蓮負盛名。

玉潤青州生塞北，香飄奚地奉春正，
烟雲僕馬茅荆遠，禾黍山川木葉横。
自是黄金臺上客，當時無路請長纓。

二

雕龍莫認作雕蟲，夙志縈懷髮未童。
每檢遺文明業跡，還援近史證詩叢。
懸壺家世宅心永，洗硯生涯氣韻崇。
依聖自期今日事，九方青目百群空。

七律　讀紅樓夢

《紅樓夢》摹繪浮生世相，寫情處最難考量端倪，要在由人物性格中自然生發，行于所當行，止于所不得不止，不受世間道理限。因以七言八句題之。

兒女天真一解情，浮生十九意難平。

鴛鴦未悔心頭約，熙鳳空分眼下盟。
撕扇嬌嗔堪寫照，參禪至愛好逢迎。
來言縱若東流水，亦有穿林漱玉聲。

魚口號並序十二首

韓國畫家崔昌源先生畫海蝦，鬚長目大。予因爲其題詩一首曰：雙眸清炯炯，兩鬚細兼長。從古多情客，幾人解河梁。謬得稱賞。因憶前年曾作魚口號十二首。五言十一首，七言一首。適有閑時閑紙，乃寫出之。字拙詩劣，在所不計也。又，大字乃原詩，因欲分別，每首均另起，于是得十二半行，半行空處，乃以小字填充。小字部分現書現撰，無暇更改。定是囉嗦荒唐，可笑可憎。知我罪我，總因天氣清和，寫得手熟也。庚寅四月十八日

頭尾悠然久，空游樂趣多。從來無號令，荇藻是山河。魚樂。無智無識，固多好處。其奈荇藻無多，泥滓時起。遂將得意空游，翻成跋躓。

聽風常倏爾，看水幾迷離。缺月三才靜，鄰蛙亂紫泥。魚驚。有聲有色，自當怵惕。其奈水風不息，惶惶難已。幸有夜色斑斕，鄰蛙清韻。

昨日蒼苔上，忽焉挂舊枝。清光成亂影，不似向來時。魚憂。蒼苔挂樹，抖亂清光。此際思慮百端，疑真疑幻。何得傳移露布，安此介鱗。

晚欲横江海，朝須近渚梁。天河容盥沐，心已更遐方。魚欲。魚生有限，魚欲無窮。常思横絶江海，復據渚梁。豈知物各有主，河漢難憑。

栖身大岸石，果腹小蜉蝣。渺不知風雨，何來激灩油。魚不知。栖身幽僻，耳塞目閑。居然不知風雪，艱辛相安。孰料五彩油光，乃成毒害。

穿石連成綫，驚鈎散作雲。有時圍朽木，八百始爲群。魚從。利則獨持，行唯從衆。始知楚宫腰肢，豈堪徒瘦。翻疑吠形吠影，肯認輕狂。

當時輕一躍，十載養其鱗。點額從人指，三生不問津。魚躍。乃奮乃發，終成一躍。本期成則得名，敗亦得勇。而乃傷鱗退志，點額因人。

龍門波浩蕩，回望汗微微。已與凡魚隔，同儕介羽肥。魚化龍。一舉功成，自知冷暖。正思天朗風清，人敦化厚。乍見同儕碩腹，介羽如神。

能將鬚若鐵，豈必腹成蛙。大目從來有，心輕海一涯。魚怒。　匹夫見辱，拔劍挺身。不爲世間至勇，要亦足多。況有天生大目，善作青白。

前途隨所遇，顏色忘陰晴。秋水從容過，春灘散淡生。魚無求。　當眠則眠，欲坐則坐。雖是佛禪法門，爲因爲果。倘能物安所遇，洵稱至德。

去去江湖遠，相濡口沫新。晨昏憐首尾，日下最驕人。魚戀。　公莫離婆，秤不離砣。造就水乳親情，牢不可破。從他天荒地老，日月穿梭。

三時怪得每游離，别浦縈洄跡可疑。風景不殊恩正好，芳心無奈細如絲。魚度。　生命活潑，春秋代序。定有别浦烟波，他鄉果貝。何不攜手同游，賞其清意。竟然三時獨往，忍成猜忌。

七律　感事有題八首

一

彌天多雨更兼風，累馬疲牛志不同。
學問無涯關塞北，文章有價出遼東。
因澆壘塊偏生忌，爲報忠勤浪得公。
當日旁人頻點頟，露才揚己恨無窮。

二

魏晋清言起八龍，龍飛直入九霄重。
從他群小羅蛙鼓，畢竟高才比雲松。
此去鹿城能回首，將携醴酒漫尋踪。
初開驥足殷勤謝，百丈峰頭又一峰。

三

已認他鄉作故鄉，長雲野鶴各無雙。

聯翩韻險三千首，洋溢杯深百二缸。
老柳倘能標姓字，新楊定解記晴窗。
南華故事堪含詠，一夢縈迴過舊江。

四

莫向京西認酒旗，嵇康寥落阮公悲。
群書編就誇良馬，數語分開是小兒。
夢裏紅樓風幻覺，堤邊弱柳水先知。
從來儒者何爲者，毛羽能期到鳳池。

五

辭章磊落逐風飛，索隱鈎沉足跡微。
過往從容尊野老，歌吟朗麗笑痴肥。
誠知故紙真余事，每把新聞着舊衣。
老樹窗前高不剪，相留摇曳挂朝暉。

六

誰將腐鼠在溝渠，便對高天隱且嘘。
鹽鹵竈頭争損益，椒姜背後費乘除。
連宵有夢思齊子，徹底無才怨鋏魚。
錯認清名容易得，坐莊輪轉美新書。

七

壯歲登壇偉丈夫，懸河縛虎藐雲孤。
由來絳帳傳家法，寧許嚴城聚野狐。
魚魯憎人虚揖讓，歌吟妒我未荒疏。
滔滔卷地何爲者，能證三都賦稿無？

八

仙凡境界判雲泥，高鳥當臨鴉亂啼。
二十年輪渾是夢，五七詩律斷無疑。
三番世事成顛倒，一往華英各徑蹊。

要振黄鐘摧瓦缶，堂堂旗鼓據丹梯。

五絶　草原即景

群牛方款款，八馬亦閑閑。
野沃青林遠，雲舒不盡山。

七絶　湖畔

楊葉堆金正做團，黄蘆挺秀遍長灘。
當時多少衝霄勢，眼底心頭仔細看。

七絶　胡楊照水

葉茂枝奇邁物華，排空氣象渺雲霞。
三千弱水妖嬈影，將送秋光與萬家。

七絶　明駝

千秋瀚海憐青草，八面炎風照鐵灘。
變化陰晴光影裏，明駝來去又經年。

七絶　銀峰

銀峰磊落玉灘奇，幾處風鳴鐵馬馳。
吐霧吞雲容易事，河開凌水媚幽姿。

七絶　金蓮川

微雲點綴裊輕烟，如海層波是遠山。
萬盞金蓮君看取，十分香氣滿人寰。

七絶　秋山

寥廓灘平七彩光，蹄音清脆若鳴琅。
心隨健足行千里，處處秋山是故鄉。

七絶　老樹

碧緑橙黄色早殊，臨流映水起秋鳬。
中間有木滄桑老，爲報荒原獻此軀。

七絶　五當召雪景

連峰砌玉素雲垂，映雪高華第一枝。
遮路白楊稱俊逸，梵音正唱太平時。

七絶　冰溪

天際銀妝薄霧蒸，山溪綴玉點層冰。
疏林寂静無人到，高草離離帶雪凝。

七絶　河畔

秋去冰封連黄草，春來水暖見深潭。
林間白雪河間玉，倒影清鮮一夢藍。

五絶　閑亭

有角亭如蓋，臨流橋作鞍。
長林堪照影，葦草不知年。

七絶　牧場

山色晴陰過眼新，輕霞有若鳳毛真。
回環曲水晶瑩玉，牧放何須點視頻。

七絶　蒙古包

端嚴氈帳列逶迤，萬縷祥光到草陂。
車輛連延經遠路，紅霞天際舞旌旗。

七絶　冰河

冰花堆綉雨雲閑，玉琢河床翠作灣。
突起穹廬形貌好，流灘抱石總相關。

七絶　英雄心事

從容牧馬傍長河，緑草光浮碧水波。
振鬣原知心萬里，英雄事業人風歌。

七絶　駝陣

秋深塞上起黄雲，衰草粘天日色曛。
待命群駝齊昂首，一鞭指處是殊勛。

七絶　牧歸

晚日浮金遍野紅，銀羊勝雪態玲瓏。
炊烟裊裊黄昏好，牧犬追回八面風。

七絶　南山

滿灘濃緑近高坡，一角雲飛舞翠娥。
駿馬南山隨所去，彩棚小駐意如何？

七絶　原上紅霞

高原放眼接蒼穹，處處平岡處處風。
更倚紅霞妝艷色，雲間三葉健如鴻。

七絶　月下禪境

一山宛若月之弦，幾衆聽經玉級前。
高下禪房清净地，霜林五色莫相牽。

七絕　雲霞

天際橙痕淡若紗，沉浮日色煥光華。
渾茫大野風塵遠，老樹猶擎幾縷霞。

七絕　國門

鐵馬東風氣勢豪，國門雲朵兩相高。
莊嚴境界無倫比，宛若長江入海潮。

七絕　二連浩特市門

澄清天宇遠雲微，唼喋雙龍勢欲飛。
道路康莊堪作鏡，草香風色染人衣。

七絶　新城

青山懷抱此城新，歷歷樓臺正展鱗。
幸有園田營緑意，莫因紫霧怨紅塵。

七絶　草原即景

長巒叠翠野雲低，霧意峰情漸欲迷。
細草嬌花關不住，一枝要與遠山齊。

五絶　晚牧

晚日浮如水，群羊走似銀。
家山荒草外，坦蕩牧人心。

五絶　草原即景

青雲垂鳳羽，白水照童牛。
秋草黄金赤，遥山紫霧流。

七絶　青春牧者

輭絮飄空天宇清，高臺碧瓦古今情。
陽光兒女嚴妝好，樹正欣欣草正榮。

五絶　冬鶴

草亂晶瑩雪，霜鋪翡翠冰。
風神逞丹頂，氣度看新翎。

七絶　湖畔

黄軟紅嬌洗俗襟，望中山勢作晴陰。
半灣天上瑶池水，也向人間弄淺深。

五絶　小城

雲已嵚崎卷，城方磊落驕。
天虹騰七彩，鵬翼起扶摇。

五絶　鋼花

開如金縷曲，散作碧天星。
滚滚熔爐冶，陶鈞自典型。

五絶　雲影

雲拂池心水，風吹橋底山。
波清傘痕白，魚遠釣鈎閑。

七絶　照水沙山

排空銀絮參差卷，照水沙山次第蕪。
莫令黄花徒老却，要知兒女舊恩殊。

七絶　沙山

美景長原與步移，來探緑雅共黄奇。
沙山幾處風雕畫，故惹流雲特地垂。

七絶　寶塔

真如玉裹並金圍，八寶玲瓏瑞意飛。
家國民人期好雨，牛羊駝鹿盼春暉。

七絶　題畫

呈團玉露詩心在，見色高枝畫意侵。
眼底春秋排次序，時風好雨寫胸襟。

五絶　老牛灣

葉盡林尤遠。冰封舟自閑。
長河誇九曲，瑞雪老牛灣。

五絶　鶴

丹頂神飄逸，黄蘆光陸離。
家山千里外，一羽一相思。

五絶　林泉

霧裏平峰遠，風輕長樺疏。
花柔開燦若，泉叠響錚如。

七絶　興安嶺

高嶺瞻天青翡翠，長河照水碧琉璃。
鯤鵬當日新毛羽，留向人間自在吹。

五絶　鶴立

斂翼驚風雨，接天傲鶏蟲。
四圍憐草樹，九壘記鴻蒙。

五絶　松林

蒼枝經雨潔，翠葉照光親。
吟嘯龍蛇起，紛紛耀甲鱗。

七絶　牧村

心湖淑秀赤灘純，迤邐沙峰抱牧村。
鷗鳥時來風色潔，要憑溝壑證乾坤。

七絶　湖濱

山河鏡裏美無儔，破浪當風兩三舟。
最是雲停天際好，嵐橙水碧不勝收。

七絶　淡雪老牛灣

境界蕭條意少殊，疏雲淡雪兩荒蕪。
回環一水猶深碧，夾岸雙峰玉作圖。

南浦　清明

清明時節，人多出行道路，踏青掃墓，各任其事。依古賢詩意，此際乍暖猶寒，形神不易安排。

風色帶微薰，向柳邊，依依商略情緒。初日弄春沙，清明節，辜負古來烟雨。危欄佇望，西樓待囀新鶯語。舊垣別路。聽曲唱鄉關，恩殊吾汝。
年年此際無詩，縱題柳才多，詠蓮心苦。玉潤若雲愁，痴兒事，吩咐遠山遥渚。新停濁酒，個中滋味憑誰數。嚴妝士女。又寶馬香車，系繁華處。

七絶　刀尺

刀尺當時帶夢痕，于今一見一銷魂。
雜花密若繁星好，三十年前雨露恩。

辛卯年題畫詩七首

辛卯正月，予入京，在琉璃廠購得未署名畫家畫作七幅，歸後反復把玩，覺其境界與吾心有相契者，一時技癢，各爲題詩一首。畫者或知之，應諒予愛賞之忱也。

一

秋來結實動盈筐，紫綻紅勾倩客嘗。
今向吾家東壁看，玲瓏個個有余香。

二

無慮龍蛇影，何關枝葉風。
高朋來不厭，日日酒杯空。

三

蕉林誰寫寂無聲，黄髮垂髫閑對枰。
事業江山渾不記，却從着子認旗旌。

四

青瓜垂纍纍，猶解綴金纓。
枝上靈禽小，來啼宛轉聲。

五

幹枝同蒼勁，花鳥共金黄。
石上青苔老，山間白日長。

六

小翅回翔久，香新紫實鮮。

根從西海至，處處惹人憐。

七

嬌花開璀璨，金距立昂然。
起舞男兒事，從容憶昔年。

七絶　西泠印社

布衣有夢過西泠，萬竹新鮮一水清。
君向岳王墳上看，人間正氣未凋零。

五絶　爲和林東山書法園作二首

一

敕勒長川好，東山俊彩明。
開園當盛世，啼鳥作新聲。

二

敕勒長川美，雲停氣象新。
朝朝親翰墨，澗水轉清音。

七絶　爲和林東山書法園作

大魏名碑氣象殊，東山把筆縱歌呼。
當年飲馬豪情在，收拾光芒入畫圖

七絶　題《夢尋天問》書後五首

一

莊生蝴蝶是耶非？夢裏尋芳上翠微。
燕雀豈了黄鵠遠，南溟北海禦風飛。

二

幾人才氣解問天，十萬鴻文落彩箋。
讀罷憑軒秋夜美，霜清月白兩嬋娟。

三

中山裝束對詩書，想象當年玉茀如。
擊水三千心浩渺，從來釣者忘龍魚。

四

談笑朋儕邁俗流，文章眼角與眉頭。
誰家舊雨經營早，新竹長松一望收。

五

東風日日上君墀，老樹蔭濃子滿枝。
赤膊娱親真赤子，高天萬里彩雲垂。

七絶　題《巴特爾隨想精選集》書後八首

一

我愛先生錦綉姿，恍如春柳照春池。
更兼發越文章老，裝點人間草木陂。

二

知有菁華匯一廬，光英四壁燦圖書。
心香裊裊成嬌媚，十萬雲山任卷舒。

三

終古思深理趣多，青霜紫電好兵戈。
時明漫語車魚事，未便長吟得玉珂。

四

氤氳大道悟來殊，且注清暉滿玉壺。
駿馬明駝風力勁，高懷七帙最前驅。

五

新書應與碧山齊，未許傍人着品題。
十二時辰開鳳翼，三千道路走龍蹄。

六

人生隨處有晴陰，自是行多想亦深。
連浪天風真境界，于斯我重海王鱗。

七

才了黄花復賞梅，風光節物每相催。
何時把臂從容數，誤到浮生第幾杯？

八

亂雲慚愧不成文，辜負吾兄認獻芹。
回望平湖風颭水，至今影響兩紛紛。

五古　題何奇兄爲予所寫小官圖

奇兄寫小官，置我南窗下。
南窗臨道路，往來多車馬。
車馬擾攘頻，迎面矗大廈。
大厦多貴重，衣黄更衣赭。
小官貌不揚，耳闊鼻帖瓦。
眼小睛有神，能分青白者。
雖未真如炬，亦猶劍光瀉。
若欲警世人，上有神明也。
手中扇雖摇，姿態未瀟灑。
團坐小拳拳，狀似出農社。
頭上小烏沙，雙翅堪作耍。
恰可遮青頭，無緣當大雅。

兄言仿齊璜，款題分明寫。
偏又寫吾齋，畢竟誰真假。
福田每讀書，笑因小官惹。
昨夜夢周公，相將在田野。

讀《花庵詞選》題其扉頁

一相知，從未疑。
雲在天，花滿枝。
口中天地南北，心下唇齒相依。
爲問天涯碧草，何事歸意遲遲。

題石玉平先生《大漠蒼烟》一四〇首

石玉平兄于攝影集《烈馬追風》後，復集以駱駝爲表現對象之攝影作品爲《大漠蒼烟》，仍命福田題詩附驥。因勉爲四言百四十首。所詠之物則一，所作之詩逾百，且成于倉猝，不暇剪裁推敲，重復拉雜，在所難免。兹録于此，聊以記一時情事。

一

錦綉衣裳，適彼莽蒼。吞吐爲雲，大我邊荒。

二

目睛卓犖，雪野渾茫。領毛獵獵，陣馬風檣。

三

雪深草短，光眩頭白。奔騰馳驟，腋下生翮。

四

與子并轡，自爾喧嘩。駝亦睦如，相伴還家。

五

光影斑駁，一鞭在握。雷霆萬鈞，若移海岳。

六

堅剛勝鐵，負重當舟。昂然兀立，舉世無儔。

七

風塵燦如，光華絢若。背上峰巒，蜚聲大野。

八

滂沛驍騎，馳于北疆。野與天齊，浩浩洋洋。

九

塵頭掩映，地動彭彭。曾無空闊，況有長纓。

一〇

當時虬龍，猶留駿骨。日精萬條，照我蓬勃。

一一

天地渾茫，存乎一綫。我駝謂雄，卓爾當先。

一二

昂首向天，大目若環。載養載馭，神物龐然。

一三

唯駝俊逸，在領在峰。領毛萬卷，踏雪飛冰。

一四

寒凝雪重，樹其高標。蓬勃迤邐，步武逍遥。

一五

木蘭當年，明駝千里。而今盛裝，于何所止。

一六

三騎並行，自謂有衆。大哉胡楊，展翼火鳳。

一七

變幻幽深，唯影與響。念兹在兹，曰清曰朗。

一八

彩練當空，包容萬有。雖辨白青，慕其相守。

一九

天地鴻蒙，吾猶過客。剪影依稀，勝乎竹帛。

二〇

或聳其峰，或揚其首。或吁其氣，充塞萬有。

二一

深裘輕暖，毛羽森然。居則安處，行則移山。

二二

古木森森，大物龐龐。乃親乃近，舉世無雙。

二三

天地廓清，任爾縱横。明駝安如，載友載朋。

二四

踏雪履霜，從兹遠航。莫怨白頭，迅若龍驤。

二五

攬轡澄明，括清之志。毛羽培風，天假良驥。

二六

結隊行沙，正猶航海。山似涌濤，奔流負載。

二七

華蓋之隙，流光所積。韶華萬殊，幾人輕擲。

二八

怡然一吐，凝若白虹。載笑載言，其樂融融。

二九

同行兄弟，唯君特立。駝亦超群，銀毫熠熠。

三〇

胡楊懸日，枝幹琳琅。老駝向道，氣宇軒昂。

三一

天之蒼蒼，野亦茫茫。于焉止息，回首彷徨。

三二

偉矣白駝，崇峰俊領。正氣恢張，雪深風冷。

三三

動若疾雷，勢逾奔馬。將以圖南，青山之下。

三四

相携相呼，在此長途。四海兄弟，彼玉此珠。

三五

或領其首，或系其尾。眺彼遠山，孰與其偉。

三六

緣汝多嬌，憐他失色。霧亦欺人，是何爲者。

三七

風領雄逸，兒女華英。乾坤大塊，聲勢鏗訇。

三八

舉目原深，蕩胸風烈。神平長驅，雪冰時節。

三九

雲呈斯媚，風掩斯英。攬轡回首，風定雲平。

四〇

何物馳騁，移步换影。譬猶動畫，疊乘其景。

四一

渾闊沙山，跋涉惟艱。離倫絶類，許我當先。

四二

山痕風切，駝影光裁。洪荒鈴鐸，撲面盈懷。

四三

萬峰會聚，屏息仰止。拓地群山，掠荒一水。

四四

虬枝蒙絡，金葉紛披。乘我駿駝，縱其前馳。

四五

行斯海若，乘彼舟如。皚皚原闊，離離草疏，

四六

枯草平沙，何處人家。一丘一簇，浴入朝霞。

四七

造化噫氣，其名爲風。晚日光輝，置我環中。

四八

弱女情豪，道路迢遥。堂堂之陣，不減驃姚。

四九

長策一舉，天宇澄清。飛揚鬃領，瞻望旗旌。

五〇

散如沙飛，合如沙聚。上下捭闔，終爲龍舞。

五一

得佛之燈，現天之虹。悠悠行者，造化無窮。

五二

肆其健足，如乘雲霧。白銀之原，從容飛度。

五三

樹老沙荒，閲歷滄桑。并轡偕行，情誼深長。

五四

自南自北，隨群逐隊。白者其雄，黄花點綴。

五五

縱横野闊，吞吐冰寒。賴有霞光，相與留連。

五六

氈帳象天，撮羅高植。馬静圓圍，仰我鼻息。

五七

沙面陰晴，蹄踐鋒棱。如切如磨，迤邐前行。

五八

居高丘上，若滄海間。我得其中，大道如環。

五九

兄弟坐駕，各抱雲團。沙丘纍纍，若走泥丸。

六〇

衣則五彩，駝亦青黄。比肩同步，軟語商量。

六一

長山巨野，渾涵有容。光籠九有，卓爾一峰。

六二

光曰絢爛，雲曰璀璨。人物輝煌，明駝盡染。

六三

皇皇物類，重其綿延。春生秋實，飲啄自天。

六四

沙壁之綫，峭若刀裁。我行魚貫，流風焕彩。

六五

童子無邪，長頸有容。雪晶原莽，開我征程。

六六

峰毛項鬃，在頂當胸。東風朝日，關護情濃。

六七

一駝放逸，衆駝無聲。頷下風烈，大美重瞳。

六八

相與熙熙，光亦陸離。背上夕陽，如畫如詩。

六九

凝冰呼噓，留痕步武。偉哉斯行，如驅兕虎。

七〇

一躍當空，軀若勁弓。觀者回首，羡爾飛熊。

七一

風似秋水，駝如行舟。快哉壯士，擊楫中流。

七二

本係駿英，着其鞭策。奇光幻彩，驚心動魄。

七三

錦衣綉帶，嚴其部伍。雪壓風低，柔枝亂舞。

七四

彩佩琳琅，氣宇軒昂。風行頷下，毛羽齊揚。

七五

鵝頸遠圖。窮邊弗顧。呼氣成雲，喧闐道路。

七六

從容貴要，點綴山川。恩斯勤斯，億萬其年。

七七

草原之光，和熙安詳。携子有情，睥睨邊荒。

七八

神駝愓愓。聳背崇崇。一旦急走，必也警風。

七九

湯風沐雪，盡勞竭慮。途長爲累，恨不翔翥。

八〇

四足如柱，一頂紅新。若無長策，誰馭麒麟。

八一

迅騖冬原，顯功絶域。誰氏雙轍，界破雪色。

八二

千里健足，勢逾雷行。前呼後叱，掣電逐風。

八三

雪白草黄，牧騎倘佯。極邊景色，畢竟蒼茫。

八四

汗雪飛騰，頭面崢嶸。浩瀚大野，指點從容。

八五

長杆起處，健足飛時。天之造物，壯美如斯。

八六

並坐徘徊，曉色雲開。老樹崇峰，宜其悠哉。

八七

風動千般，一輪在天。且此蓄鋭，前路惟艱。

八八

合手凝神，青青者天。神駿吾駝，緑佩銀鞍。

八九

大野雄深，雪霧清奇。吟鞭所指，草樹迷離。

九〇

垂策遥望，境界清凉。天與静謐，豈必遠颺。

九一

毛髮蒼然，應解問天。何物高巢，居也安然。

九二

過都歷塊，響應風從。大哉乾元，載我長行。

九三

峰聳高山，迤邐牽連。迅飛似箭，安坐如磐。

九四

眼底枯枝，當時虬龍。憐爾過客，來去匆匆。

九五

沙黑風勁，險阻相環。白日黄雲，步履惟艱。

九六

曉色雲呈，端雅和平。駝陣誰剪，大漠多情。

九七

黛色厚土，鐵色遠雲。草疏雪淺，蹄跡紛紛。

九八

可以誠召，勿以力馭。亂君衣裳，任它翔翥。

九九

由來馴順，語默聽人。忽焉奮發，猛若麒麟。

一〇〇

一泓曲水，明净含暉。連峰照影，曲岸成圍。

一〇一

謂言輕駿，踏雪無痕。鄉關日朗，遠客銷魂。

一〇二

重其健足，飾其頭面。絲纑五彩，紛如萬選。

一〇三

何來微光，照我琳琅。安卧如山，静處蒼茫。

一〇四

沙峰作綫，一照華天。飛揚鬃尾，牧騎翩翩。

一〇五

垂天色絢，履沙轍新。雁行來者，連屬如雲。

一〇六

雙雄並列，百福駢臻。欺冰藐雪，凝霧吞雲。

一〇七

整我營陣，約我部伍。吁氣接天，壯心如虎。

一〇八

駝駿明沙，月嫻光雅。長杆若弓，在青穹下。

一〇九

應是歸途，天野模糊。空橇郎當，似有若無。

一一〇

當胸風好，指顧山崇。三百爲群，步趨相從。

一一一

老木叢中，軟語從容。吾駝神俊，摩天兩峰。

一一二

天降神獸，出乎聖山。隱顯之際，生生相關。

一一三

乃騎乃乘，體勢高下。未遜靈獒，巡于原野。

一一四

百駝從風，明駝昂首。光影暗浮，籠括萬有。

一一五

于焉以息，乘之以行。應期此去，雪净風平。

一一六

叱咤喑嗚，雪野争馳。雷霆起處，飛箭發時。

一一七

襟袖麗都，橇轍明如。花牛列陣，窺此景殊。

一一八

踏雪迷踪，投足帶風。向陽體壯，追影朦朧。

一一九

神駝大馬，稟賦于天。相逢道路，高蹈長原。

一二〇

幾莖長蘆，向空葳蕤。未掩峰雄，偏增嫵媚。

一二一

光其暗冽，頭欲接喋。渾涵一體，在疆在野。

一二二

雪上飛行，轔轔有聲。黄犬凝神，山鳴谷應。

一二三

瞻望前途，顧念等差。載負載馳，日影天涯。

一二四

屈伸蟄龍，奔騰猛虎。雪裹冰封，奮其毛羽。

一二五

諸杆拖曳，人物縱横。明駝在野，萬里折衝。

一二六

浩乎沛然，一往無前。充塞天地，撼動山巒。

一二七

灘有白冰，駝隱高草。大哉川原，閎深綿渺。

一二八

我陣森嚴，彼陣方臨。譬猶秋水，波涌濤深。

一二九

鞭策其長，四野渾茫。君看大面，馳騄皇皇。

一三〇

我回鵝頸，君縱鶴鳴。鬃毛萬卷，關山幾重。

一三一

來如飆風，去若奔馬。緣何無聲，處公鏡下。

一三二

路向何方，翹首徜徉。不受羈勒，軀鐵足鋼。

一三三

湖平若鏡，鞍轡似銀。草泛毫光，沙境尤神。

一三四

疏草當風，兀立有容。駝峰齊山，一綫鴻蒙。

一三五

並肩比項，如接品題。明朝途遠，養汝龍蹄。

一三六

山奔海立，駝陣恢宏。况有馭者，萬里之英。

一三七

奮汝長鬣，揚汝短尾。衝突奔馳，孰與其偉。

一三八

江河卷地，順流而下。聲勢鏗訇，奮迅奔馬。

一三九

萬峰聳立，朝光欲燃。蹄音雷動，一往無前。

一四〇

行如潮涌，立與山齊。渾渾大野，肆爾東西。

五古　寒雪白魚

白魚自不群，悠悠出寒雪。
江上寂無人，唯有月光徹。
朱橘得秋霜，容色愈高潔。
誰將筆如椽，寫此孤清節。

空山

空山未必得逍遥，真隱從來隱市朝。
把酒羨魚閑事已，簪纓流水兩滔滔。

大魚

首句「欺」用鄰韻。所謂孤雁出群也。

大魚每把小魚欺，無主游蝦吃紫泥。
我亦當前伸一喙，山花紅紫樹高低。

七律　神十航天員

吾華磊落奇兒女，絳帳宏開向九天。
展翼憑虛心似夢，現身説法語如弦。
方驚懸水攤成鏡，便喜浮陀轉作圓。
宇外頻看朝復暮，從兹不羡大羅仙。

七古　普元先生海蝦圖贊

韓國崔昌沅普元先生畫海蝦，鬚長目大，氣勢雄偉，團圓環合，造意不凡，賦此以贊之。

吐日吞天臨無地，變怪萬端稱海水。
造物一刻一鴻蒙，十一能生十九死。
陸上龍馬鐵連錢，諸公追摹走雲烟。
崔兄從容奉卮酒，陶寫靈物自翩翩。
中華白石真國器，能攝魂魄達極致。
每靖風濤畫此圖，碧水名湖恣嬉戲。
普元心事大渾茫，豈限江畔與河梁。
四海看如一泓瀉，當年長吉同此狂。
雙鬚開張若天羽，畫出萬物長生主。
游翱三五動相連，共營吾屬極樂土。
進退沉浮相扶將，晦明朝暮不參商。
月最團圓尚有缺，未若海蝦縱滄浪。

大美黄柏山十首

大别山鄂豫皖交界處有黄柏山，山之佳勝處有李贄書院、法眼寺、息影塔諸名勝。法眼寺前有湖，名無念湖，以禪師無念曾駐錫此寺，故名。余來游時，湖畔蒹葭蒼蒼，湖面波光閃爍，法眼禪寺梵音繚繞，李贄書院花香馥郁，銀杏樹幹老枝堅，息影塔古樸蒼涼，營構出清幽寧静、大美無倫之殊勝境界。

七律　無念湖

澄湖澹蕩看無泥，葭葦蒼蒼聞鳥啼。
名士東山成過客，佛光無念照來溪。
叢林大衆新門徑，書室童心入品題。
虎抱龍圍殊勝境，茶禪一味萬雲齊。

七律　無念湖葦花

誰向湖濱次第栽，痴人智者去還來。
未争雨露成新色，却認風霜是舊醅。
高處蕭疏横瘦影，清時寂寞倚蒼苔。

信知境界三千大，伴鼓迎鐘自主開。

五絶　無念湖垂柳

無念湖光遠，藏書法眼深。
君看參差柳，也解傍禪林。

七律　李贄書院

法眼寺左，有李贄書院，傳係李卓吾先生讀書處。高峰遠壑，法語禪山，如風行水上，影響一方教化，綿長悠遠，入人深至。

當時踪跡今何在，詩客騷人説不閑。
都道高峰連遠壑，豈知法語共禪山。
童心一寸方抽笋，無念三時未禁關。
賴有莊嚴書院在，風行水上兩潺潺。

七律　息影塔

息影塔，又名祖師塔，位于黄柏山森林公園内，係明代七省巡撫梅之焕于天啓年間爲紀念其友無念禪師而建。

來瞻古塔立斜陽，應是形神兩未傷。
論道鋒芒同李老，度人手段比初皇。
假名息影傳真影，無念留香得秘香。
回護殷勤宏至道，更憑正覺歷滄桑。

息影塔口號之一

名爲息影，實未息影。
實未息影，始名息影。

息影塔口號之二

本無形體，何來其影。
既無其影，云何息影。
無形無影，無所息影，
無所息影，便是息影。

五律　法眼寺銀杏

故是神仙種，千年大寺栽。
蒼枝巢鳥雀，老葉遜桃梅。
無量公孫樹，真如羽翼開。
三株三寶相，相與證心裁。

七律　黄柏山感事有題

事業中天大者基，素心向道志希夷。
卓吾李老春難老，無念禪奇寺更奇。
往歲一從知姓字，來時便許寫蘭芝。
全新法眼如如静，歡喜空山野樹枝。

五絶　樹李培桃

樹李明儒道，培桃作大林。
于何尋至法，黄柏故衣衾。

辭賦之部第四

中國古代思想家贊五十三首

去歲國慶長假，吾與何奇先生相約入黄柏山游覽，借寓花潭客舍。是地高路崇峰，三省連延，流雲浮羽，八面環合。客舍俯瞰平湖，背倚竹林，左鄰李贄書院，右届法眼禪寺。居留之際，瞻觀翰墨，聽聞鐘鼓，怡然自得，感觸頗多。應書院主人黄兄之請，撰中國古代思想家贊，起于孔丘，迄于戴震，凡五十三家。其中用四言贊體者十一則，仿庾信《七夕賦》體義分三段、韻亦轉三者十五則，以五言偈語加七言斷語者二十一則，改易蘇軾《快哉此風賦》體以合字數者六則。

孔丘贊

韋編三絶，删詩讀易。游藝依仁，多能鄙事。博文約禮，據德圖治。論語温温，國之重器。師表位育，無與倫比。七十二賢，允稱上駟。吾華文明，真儒之懿。岱岳同高，日星齊瑞。

老聃贊

乃生楚苦，志與鷗盟。乃修道德，自隱無名。乃守藏室，玄想横生。乃乘青牛，五千論行。或揖孔子，丘則心傾。或言形上，有物混成。或察宇宙，一二三榮。博大真人，抱樸無争。

墨翟贊

我生也貧，枯槁不捨。兼愛非攻，尚賢濟寡。摩頂放踵，以利天下。顯學力行，在朝在野。止楚攻宋，縱横叱咤。赴火蹈刃，譽滿華夏。三表開新，辯類故化。平民精英，千秋大雅。

楊朱贊

不濟危急，不蹈艱難。不拔一毛，利其元元。不貪貨利，在在咸安。不以累形，真保性全。爲我貴己，餘事無干。重生輕物，大道自完。歸楊歸墨，天下之言。當時響應，及于陌阡。

孟軻贊

崇尊孔聖，道統巍巍。如欲平治，捨我其誰。轍環天下，列座丹墀。養吾浩然，殉于真知。辨此義利，挾山折枝。曲高自守，顯其蘭芝。大哉亞聖，寧不逢時。士人榜樣，儒者旌旗。

莊周贊

曉夢迷蝶，姿態翩翩。鯤化爲鵬，雲翼垂天。孰真孰假，野馬塵烟。皆有所待，豈但談玄。齊一萬物，生死等焉。曳尾泥塗，縱浪河川。精神四達，無與情牽。大魚赫赫，得以忘筌。

鄒衍贊

仰察天運，俯探地規。敬順昊天，敬授民時。欲救淫侈，歸以親施。先驗小物，推而大之。始于黄帝，迄于未知。九九之州，各存其宜。日月陰陽，斗轉星馳。五德終始，疑出末支。

荀況贊

天行有常，無關雩雨。以術相人，應失魚魯。定名辨實，五官神聚。博學静思，如響以取。化性起僞，塗人爲禹。載禦牛馬，緣成群伍。貴民尚賢，足欲爲主。師法后王，禮刑龍虎。

韓非贊

身處弱邦，欲復强體。黜退賢良，鄙薄仁義。不務其德，唯力是計。主辱臣苦，倡法術勢。任法嚴刑，勁直强毅。任術尊君，控馭驅使。任勢重權，奸滑斯止。矯枉圖新，有當世志。

惠施贊

辯譬多方，五車載籍。莊周放浪，言友則必。抱鼠説魚，唯君是匹。運斤成風，最重其質。逐物不反，欲窮其密。十事高名，同异合畢。無外無内，大一小一。方生方死，無厚不積。

公孫龍贊

拊不得白，視不得堅。石之堅白，各秉一天。白馬非馬，總別相連。共性個性，内涵外延。物有指無，二元論宣。唯乎彼此，始正名焉。類同俱有，類异自偏。却逞詭辯，鷄足則三。

吕不韋贊

奇貨可居，嫡嗣成謀。傳移花而接木，信順水而推舟。于是相國權重，仲父主欽。集述吕覽，一字千金。樹道德之標的，式忠義之胸襟。乃能表裏孔荀，駢駕劉揚。言綱紀則無爲，執檢格則公方。

劉安贊

封國淮南，作都壽春。承漢高之余澤，聚天下之异人。乃有八公響應，術士風從，追雲掣電，吐氣如虹。肆高下之講論，總出入之融通。于時文富書成，鴻大烈明，言道儒則條貫，綜諸家則義豐。

董仲舒贊

賢良對策，孔學推明。舉百家而抑黜，倡儒術而獨行。至于天地氣合，陰陽判分，四時迭乘，三統轉輪。證天人之相感，理綱紀之卑尊。由是天道運連，事志本原。損其欲而情綴，神其教而化宣。

王充贊

天地合氣，人物偶生。若魚龍之于淵，猶血脉之自榮。乃知文王當興，赤雀適來。以心原物，應世遣懷。明後朝之居上，認常習之爲佳。此時分析百瑞，衡論萬端。破讖諱而正義，詰上聖而宣言。

何晏贊

少年才秀，傅粉乘車。舉聃周以當路，與尼父而爭驅。語云有之爲有，視無以生。事而爲事，由無以成。縱逍遥于虚幻，積財貨于實盈。乃有鴻飛太清，蓬轉浮萍。欲隨緣以從流，奈入世以惕驚。

嵇康贊

風儀淳美，詞氣尤佳。發卜疑以龍章，起清音以玉階。觀夫措鐵洛邑，灌園山陽，方來此會，正鍛彼康。遠眺外于八紘，高標極于九荒。至若受刑市東，神色從容。太學生其心折，廣陵散其曲終。

阮籍贊

行危心憒，旨遠道忠。駕疲牛以路遠，肆長哭以途窮。方其身登廣武，情寄八荒。太息深喟，猛志徒揚。悟萬物其自然，恣吾性其徜徉。是以飲酒放歌，形頹顔酡。以夷奇之素願，守達莊之高峨。

王弼贊

王郎卓出，正始風玄。開清談之雅尚，解易老之奥觀。至其義離象數，理重言思。漢儒排擊，新學漸滋。奉三經以爲本，執一禦而致知。于是無道始生，本末明冥。雷風運以寂止，侯王静以功成。

郭象贊

少具才理，雅好老莊。口懸河之滔滔，言流注其湯湯。而乃調和名教，因任自然。天機玄發，上下咸安。倡即本而即末，證自生而自全。是以繼響黃鐘，妙暢宗風，歸獨化于無故，泯共識于虚空。

葛洪贊

養生以仙，應世以儒。推慈心于人物，布仁愛于蟲魚。若夫探賾妙悟，賞要博聞。高談越世，密術生春。總衆殊以一玄，胞萬類以道尊。乃有逍遥虹霓，游戲天池。奇文萃而抱樸，好藥傳而展眉。

范縝贊

形滅神滅，形存神存。惜暖身之章服，享飽腹之盤飧。孰料風霧驚起，迷惑不休。報因報果，爲亂爲仇。等生死于榮枯，掩真知于妄求。故有吹花飛紅，譬刃言鋒。肆辯説而傲上，發聾聵而由衷。

王通贊

志紹孔聖，欲申周公。續六經而心遠，著中説而義豐。綜論儒之綱常，道之治良。將融三教，來祐萬方。究天地之氣形，并生人之行藏。于焉華實相生，波瀾不驚。弟子傳其德澤，河汾藴其聲名。

玄奘贊

行五萬里，學十七年。探佛藏之典要，得賢聖之金丹。倡言萬法唯識，三界唯心。育成四哲，生了六因。分自許于汝執，辨熱依于火存。而乃學説顯揚，譯著輝煌。望西域其太息，仰慈恩其永昌。

慧能贊

惟來學作佛，何嘗求余物。雖是南獦獠，自具神仙骨。明鏡與菩提，身心兩皆不。夜半密傳衣，剎那法門郁。無念無風幡，脚根豈飄忽。佛教革命功，我是馬前卒。噫！婆娑五家七宗枝，頓悟見性慎莫拂。

韓愈贊

福禍存乎天，由命不由己。安命以法天，居仁甘且旨。吾道何所來，周孔及孟子。佛老亂倫常，攘斥豈能已。文振八代衰，茁茁青笋起。柳泉歐如瀾，蘇海孰與匹。噫！聞道後先務勤思，青藍冰水成大美。

劉禹錫贊

家本滎上，籍占洛陽。結一時之賢士，發五内之輝光。豈料排雲失路，報國無門。歲更周流，時極事昏。來劉郎其前度，看桃花其日新。于焉賦詩逞豪，縱鶴衝霄，天孰能以臨下，人孰能以逍遥。

柳宗元贊

行踪益遠，文思愈昌。書三戒以物議，著八記以心傷。洎夫登高臨遠，骨愴神悽。驚風忽颭，零雨時迷。思鬱鬱其難適，路迢迢其何栖。敢期受命于人，休符緣仁。合儒釋于一統，裨教化于長春。

邵雍贊

傳言安樂巢，真從康節始。洛書並河圖，豁然窮底裏。二程周共張，與公稱五子。先天象數深，太極本原旨。元會運世分，萬化皆心起。何故天津橋，杜鵑來依止。噫！漁樵問對能事全，處處行窩待龍鯉。

周敦頤贊

學問如白蓮，遠觀不可褻。舅氏構亭園，養此皎然節。因說太極圖，動靜陰陽別。純善唯一誠，修養欲亦滅。五常守其本，百行源自潔。道教與禪思，接引未嘗絶。噫！襟帊飄然拔俗塵，理學宏開第一杰。

張載贊

大易以爲宗，中庸以爲體。學古正力行，儒道真淳醴。萬物氣一元，升降何曾止。禀賦或不同，要須修兼洗。人謂己有知，耳目受不已。德性明道神，服善撤皋比。噫！民胞物與東西銘，横渠四句壯心起！

王安石贊

爲學無際涯，時日大資斧。幸有同儕親，拆洗王介甫。八家文章純，愛公清峻語。古賦老斫輪，悠然雲間羽。天人自相分，順天有所取。敢爲三不言，勇力真如虎。噫！三經新義藐漢唐，度變損益傳法乳。

程顥贊

兩度師鴻儒，日與春風約。却令多尋覓，尼父顏子樂。與點誇忘機，見獵猶歡躍。乃知涵養難，造物生意着。泛濫入百家，老釋艱辛索。何如收放心，天理自體度。噫！識仁定性悟生生，九層之臺大做脚。

程頤贊

若言獅撲來，直須伸手搏。入道莫如敬，致知物當格。立雪嚴師道，楊時共游酢。拘檢异子瞻，于焉分蜀洛。削籍竄荒州，追隨人如昨。尊聞行所知，不必及門閣。噫！衝漠無朕萬象森，天地一理莫穿鑿。

朱熹贊

初見李先生，頹然一野老。便作等閑看，蹉跎辜負了。廣讀濟冥思，學海烟波渺。退經進四書，氣朗雲天浩。并尊周張程，道統相繼紹。理氣動静間，大成探其妙。噫！心性理欲説分明，格物致知行益好。

吕祖謙贊

自厚薄責人，終身無暴怒。家學有淵源，不比風中露。保泰以持盈，融通無罣誤。從他舉世狂，干戈當空舞。卑之論毋高，説史多回護。以此開浙東，屨履集庭户。噫！誰謂雜博少精神，宋學叛幟自公樹。

陸九淵贊

天地何窮際，有子亦支離。宇宙已分内，此理無所歧。功夫人事物，篤實築根基。從游得一見，便知術業微。棋以長精神，瑟以見德丕。鵝湖做佳會，風動入玄機。噫！發明本心求放心，勝心辨志養天姿。

楊簡贊

扇訟兩紛紜，本心當不苟。慈湖止如是，象山更何有。乃得學術師，法門嚴相守。既居要路津，循篤期不朽。踐履無瑕疵，直至皤然叟。閨門如大賓，敬謹敦且厚。噫！吾性洞然無際量，我爲天地君知否？

葉適贊

貧賤歷三世，生小重讀書。有母稱賢達，撫子在窮居。水心姿高放，識見玉不如。學問開永嘉，鼎足並陸朱。和義重功利，通商走舟車。物在則道存，考詳解其愚。噫！一兩相异禪無窮，遺事言道百家虚。

許衡贊

魯齋幼嗜學，貧乏無所見。得易得尚書，鈔誦日不倦。既讀程與朱，如登神明殿。于焉倡漢儒，三性尤所善。用人用所長，教人教所短。道在日用中，鹽米隨所轉。噫！治生要務必先知，不則旁求身名賤。

薛瑄贊

敬軒出河津，悃愊乏華麗。學守宋人規，鈔書夜不寐。既蒙權幸召，不謝復不跪。繫以爲死囚，釋因老僕泪。復仕入南京，好官薛氏最。力言于謙忠，讜論何其偉。噫！理在氣中道器同，知行兼進無所蔽。

羅欽順贊

行己不惰，爲官有修。正崇文之衣冠，升學古之書樓。位尊八座，品節粹乎金玉；食僅二簋，出處越乎輩流。早耽佛禪，悟其非而力攘斥；終識理氣，暢其旨而肆研求。推知統會，格致則通徹無間；以理節欲，性命則順適夷猶。

湛若水贊

先生號甘泉，潤物滋蘭芷。學者多從游，隨處識天理。鑿井或耕田，件件關宏旨。内外與虚實，體用一原耳。始知陽明心，只在腔子裏。徒以静爲言，何所臻大美。噫！任他默坐任長行，不遺萬物同進止。

王守仁贊

讀書作聖人，此是一等事。當時思慨然，必可學而至。七日格斯竹，未解其中意。學文復學兵，亦存長生冀。一旦謫龍場，中夜開心智。于焉致良知，知行合一致。噫！武略文韜世所稀，身心相教根柢備。

王艮贊

少貧不竟學，從父山東賈。衣袖每藏經，逢人質然否。默究年復年，經悟相客主。上座謁陽明，兩番傾肺腑。歸來乘蒲輪，京都揚法乳。良知自分明，何用安排處。噫！我身是矩國是方，尊身尊道力如虎。

王畿贊

王門教授師，親炙陽明久。良知本現成，先天學養厚。立根心體中，意知物相守。得悟有三途，言坐並磨揉。動意後天功，未悟須具有。正謂致力求，懸崖且撒手。噫！包裹深心別樣傳，擔當力弱狂禪走。

李贄贊

萬物二氣成，吃穿大倫理。生小不信仙，僧道見則鄙。而後知陽明，真人真未死。禪風吹吾懷，山河相而已。衆皆可聖賢，豈必待孔子。六經只口實，童心純復美。噫！力田讀書各有私，倒行逆施成洪水。

黄宗羲贊

今也君爲主，上古君是客。爲主挾大私，但盡一姓責。屠毒離散人，殘忍驚魂魄。應復天下法，公行解困厄。更以氣爲先，理爲氣之魄。能窮萬殊心，其理自然獲。噫！天崩地解案録成，十死艱難奮羽翮。

顧炎武贊

滔滔世混，湛湛天藍。辭牧齋而列謁，拒乾學而不還。遍歷塞外，寧無伏波之志；移居華陰，自有建翎之占。進退出處，彰吾人行己有耻；辭受取與，勉師弟持守方嚴。國家興亡，以匹夫而當重任；文化傳衍，因博學而開新壇。

王夫之贊

明清鼎革，天地摧崩。伏白刃以救父，據衡山以起兵。奔走川原，要呈博浪之擊；遁形林谷，肯掩越石之情。大化甘霖，雨船山而生异彩；九州正氣，賴一綫而得深弘。學究天人，論道則惟器惟用；道綜今古，言性則日生日成。

顔元贊

初學神仙，終開顔李。弃坐讀與空談，明欲念與氣理。日用習行，不離道義之綱；飲食男女，最合性情之旨。正誼謀利，舉耒耜則望稻粱；明道計功，荷綱鈎則期魴鯉。高論三復，以古義而發新聲；下視八股，將騰蛟而置死水。

李塨贊

光地虚左，季野稱揚。都民見則非義，名士會則有方。學施庶物，在人猶乎在己；治以嚴科，抑争猶乎抑强。鄉俗丕變，崇庠校而旌孝弟；百廢俱興，修水利而勸農桑。理在氣中，天人物同其一致；行居知後，神思意發其殊光。

戴震贊

曾疑朱子，自繪小戎。忘面屑之不繼，喜經術之亨通。爲學日進，精義猛于虎兕；所遇終蹇，浩歌響若黄鐘。氣惟一原，生百物而爲其本；道即陰陽，同五行而奏其功。大化流行，體民情而遂民欲；心知精進，燃大炬而唱大風。

李卓吾先生賦並序

甲午四月，應友人邀入黄柏山，暫寓于花潭客舍。舍南有李贄書院，閑時數往游觀，因思李贄先生卓犖不群之事迹與夫坎坷不平之遭遇，乃作此賦以獻。

因林之宗，發李之華。尊异説而吾卓，視同流而孰嘉。出泉州之清泠，計世路之邇遐。持身秉正，誠一時之真儒；培德言玄，是終古之大家。

初爲彼星，來參兹斗。心行本殊，命運不偶。固鳳鳥兮翔中天，奈奸佞兮塞萬有。乃生歸歟之心，旋解迎合之紐。一庭月好，鑒靈樞之清明；兩袖風新，觀氣格之淳久。

期有勝友從容，高天澄霽。開快論于道流，肆狂言于騷裔。何心隱之襄贊，不但文章；焦弱侯之往還，無關綺麗。

至于黄安芝佛，弗顧得失。廣著書以垂教，復規天而解日。批道學而狷狂，發童心而無匹。語含鋒而精光四射，思涌泉而珠玉競出。信吾學之可尚，指時政之不一。于是婦人聽雨花之法，學者得真如之質。

黄檗名區，聖賢是謨。無念住持，百祥合符。山茶既明乎禪理，野徑復暢乎通衢。

足以接引聖賢，化育下土。麗象著明，光英咸睹。行苦悲深，大禪師兮重殊才；氣剛志大，真名士兮惜毛羽。

而乃雙星並，各臻聖。學問生，靈魂正。飽道持節，效夷奇之殷憂；率行狂心，如接輿之已盛。

今兹黄君竭誠，經營大域。先葺書院以述往，復開法眼以廣德。崇學重于泰岱，禮賢徹于語默。每言明理澄心，李公是則。

逐鹿賦並序

撫今追古，原始要終。分如逐鹿，合若從風。爰作此賦，聊志厥功云爾。

夫唯望大人以日朗，披豪髪而光亨。仰五雲之簇錦，臨一水以鳴箏。騰蛟螭而鳳起，撫寶劍以霜明。縱奇思于天地，着青眼乎鯢鯨。何律吕其像德，孰春秋而忘情。適莽原之鹿好，居大野以蘋菁。縱風飛而馬走，任海立以山行。逐日出而日落，耽潮長以潮生。盡安逸而愉愉，忘得失之營營。

此鹿誰放，渺若閑鳶。失即成緒，繼需有緣。度才量力，顧往瞻前。總其厄厄，系乃懸懸。收民心以築礎，得天機而肇端。振鳴鏑而相警，草飛檄以通宣。馳八駿以奮虎，挽長弓而驚弦。傾素心而在兹，酬大志以有年。

若順化以應運，曰從天而合時。操勝籌于未動，出長策于已施。若因緣以居地，莫占利而營私。當關山以憑險，控鎖鑰以揚丕。若培德以和衆，固一氣而連枝。歌盈城而盈野，舞多彩以多姿。若修己以來遠，期從風而展頤。移他鄉之蘭若，生吾土之階墀。若博識以多辯，則氣盛而言宜。藏縛虎之手段，入懸河之文辭。若同心以勠力，競濟困而扶危。興大業而善舉，開驥足以前馳。若本强以枝茂，乃雍雍而熙熙。重袍澤以赴仇，修戈矛而興師。若曲高而和寡，徒上下以參差。爲闊綽之申論，誤終古之華夷。總其遇以百變，跡其心而難知。從風鳴則萬籟，經世變則千奇。唯諸端之要義，真平樸而無歧。曰因利以乘便，證天心之指麾。

終得鹿而歡忭，遂競進之苦心。置典册于廊廟，藏良弓于山林。羅廣袖以舞善，造明堂而除陰。鳴鏗鏘之鐘鼓，洗昂藏之衣襟。覓長生而無盡，欲永治而焉尋。

取華英以含咀，過川原以詠嘆。何蓬勃之韶華，變衰頹之容顔。朝曝日而乍暖，暮對月而猶寒。思浮生之百緒，哀塵世之萬端。老冉冉其將至，水湯湯其無還。窮天心以難解，盡人智以易殫。訪神仙其何處，放俗慮其孰安。空乘桴以海航，枉禦風而龍攀。

于是滋味寂落，境界清凄。夢寐縈回，起坐徘徊。歷春秋之代序，聽草蟲之鳴階。倩何人以至此，能無遇而生哀。况長劍之歌呼，成老子之悲摧。無金石之形質，慰骨肉之襟懷。

齊萬物以生死，托一體于山阿。静峰高于泰岱，動流永于江河。羡翩翻之白鷗，戲洶涌之青波。以鄙野之愚夫，發反復之謡歌。歌不盡其余衷，被遼遠之八遐。

阿拉善駱駝賦

賀蘭岳峙，弱水雲環。在野晴沙熠熠，居延細浪潺潺。偉岸胡楊，開張虬龍之態；明駝大漠，動静生命之山。

唯駝器宇軒昂，雍容大度。引鵝頸而遠圖，眄極邊而弗顧。背上峰巒，從來猛志彌高；胸間壘塊，終古豪情未吐。至若雷行沙起，有志其剛，峰疑路幻，有目其良。固瞼重而得福，亦體要而知方。況復蹄巨重盤，曾無空闊；鼻深曲井，永蘊瓊漿。物之神者，有如此也。每迅騖于流沙，常顯功于僻野。壯士思鄉，歸心即日能圓；牧歌唱晚，神韻千秋堪寫。若乃物雖奇而不用，事雖至而無功。將此巍巍之軀，等乎渺渺之蟲。瀚海茫茫，銜尾誰虞其險；驚颷烈烈，鳴沙誰警其風。必也愛其殊才，全其本性。負重則擬之如舟，見機則方之以聖。乃有潛識泉源，越萬里而無待；深藏智算，屈長膝而示敬。今夫阿拉善者，煌煌大盟。舉民安而物阜，正日朗而光亨。健足騰則萬峰會，雲濤奔涌；鴻圖展則百福臻，草木欣榮。快哉，疾若風雷，猛如虎兕。效天上之神駝，肆人間之步履。運朗練之華英，頌恢宏之大美。

王鐸先生賦

遼左重鎮，天下海城。在史星辰炳耀，披風兒女光英。竹小凌霄，便振濟民之鐸；文華蓋世，終隨轉日之旌。

自昔營口連年，北平數載。初孜孜以爲學，期恢恢而焕彩。賊寇東來，倩誰力挽危瀾；戈矛西去，看我心雄四海。

洎乎職任公學，史研邊疆。思深用默，中的發皇。因熔爐而鍛節，仰寶塔而知方。六月海運圖南，定當鵬舉；一朝雲飛向北，真作龍驤。

方其馬縱良原，情牽大野。解倒懸于斯民，傾真愛于困者。背上峰巒，健蹄偉韻堪描；胸中壘塊，朔漠長風必寫。

于是冷氈包而獨到，熱心腸而廣求。共燃星星之火，齊獻濟濟之謀。民族自治，深得大匾之要；吾華崛起，一洗病夫之羞。

乃有多才見知，竭誠是務。常慮百姓之未安，每置己身于弗顧。況兼鐵骨錚錚，若松柏之不凋；高風凜凜，猶金鋼之已鑄。

至于山川純粹，峻茂清榮。嘉八駿其業業，喜四牡其彭彭。待人則耿介謙和，温其如玉；問政則忠謹穩健，動必有成。美哉！述作春秋，範圍忠義。接往古之高風，成一代之國器。遺大愛于後昆，倚甘棠而永志。

王鳳岐先生賦

高翔勝羽，長耀華英，生當崇山北麓，志在六月南溟。少小清寒，學行囊螢挂角；老成峻發，才具謀國干城。

自昔故里騰蛟，紅山焕彩。掌輿論以懸河，理政務以作宰。疾寒貧苦，縈民情以殷憂；風雨晦明，秉士節而不改。

方其身膺重寄，效命鋼都。俱興百廢，共舉鵬圖。因烈焰而鍛冶，沐東風而歌呼。詩有鹿鳴佳什，高朋非遠；物多霞飛紅日，大道不孤。

洎乎任亞封疆，情鐘大野。創福利以惠民，獻真情于困者。夙夜在公，心念耿耿長明；晨昏持正，水流滔滔不舍。乃有運巧思之獨至，發妙算以高籌。爲襄輝煌之業，來獻卓越之謀。依法理政，一方太平安堵；對外開放，大區未雨綢繆。于是世仰高才，人知令問。遺愛文質以相騈，遠猷形神而不紊。況兼稟賦端直，氣象貴其凌霄；襟懷磊落，風標永其留韻。至于功成身退，山峻木榮。修民族之典要，振老區之旗旌。含章則尚而尤新，愈深愈雅；品調則温其若玉，善作善成。偉矣！聖賢表彰，言行忠義。居遼闊之長原，頌驍騰之良驥。對萬里之雲山，仰大方之重器。

呼和浩特賦（修訂稿）

二〇〇七年所作《呼和浩特賦》，迄今已過數載。友人言文字過長，乃修訂删定如此，然終覺不似前時順暢也。

天堂草原，有明珠焉，厥惟青城。倚陰山之巍峨，聆黃河之鏗訇。抱長川而章含本固，懷芳草而芷茂蘭豐。慶雲舒則雨潤，虹生林表；良驥發則風馳，心繫滄溟。

自昔靈鳥回翔，神龍隱顯。作大郡于雲中，築長城于天際。歌敕勒而上出重霄，建遼塔而下臨無地。沃野光英，多少垣壁猶存；名王事業，幾人步武相繼。

洎乎土默特部，阿拉坦汗。始駐牧于豐域，終一統于漠南。齊風俗而安其黎庶，創斯城而砌以青磚。鬱鬱蒼蒼，庫庫和屯象其色也；蓬蓬勃勃，呼和浩特正其名焉。

稽其歲月遷流，碑碣斷滅。蒼原證我之氣宇，高山鑒我之心魄。諸族通而諧其魚水，琵琶奏而融其冰雪。報國紅顏，及今佳話相傳；拂雲青冢，從古芳華未歇。

至于共和國成，自治策宣。改革開放春生九有，西部開發史創新元。首府總大區樞要，青城着北地先鞭。其社會也：穩定和諧，律呂調而風俗美，繁華興盛，品物阜而萬民安。其經濟也：騰龍躍虎，追風掣電，歷塊過都，爍古空前。四牡彭彭，携三盟而并轡；六駿業業，聯八市而比肩。

原夫青城民風，首重包容。雖博大以罕及，豈曲高而難同。言民族，則有蒙漢回満等卅六族焉，各民族互敬互讓，載親載近；言宗教，則有佛道清真等六門類焉，諸宗派共存共濟，無鬥無争。他如故鄉或南或北，均接納以呵護；方言有西有東，任訴説而傾聽。容有异風殊俗，盡心力而齊歡娱；何况同德一意，經風浪而締友盟。

放眼乎今之青城，巍巍然現代都市。商衢則偉厦流光，民居則閭閻撲地。競技場所閲神駿以誰先；大學園區留風華而奚替。道路通達，養來今往古之雄心；肆廛軒暢，展友月交風之魅力。若夫訪大窑村，登五塔寺，尋召廟之梵音，覽玉泉之舊跡，至于祭敖包以三匝，乘駿馬而千里，習騎射則長天如蓋，燃篝火則繁星似洗。聽馬頭琴，感渾厚與蒼茫；賞民族舞，覺潺湲而流麗。乃知此地化育生息，年淹代久，積漸自雄，良有以也。

春温秋肅，物茁時平。古城焕彩，鄙賦删成。聊效獻曝之野人，用摹偉業于無窮云爾。

奥淳山莊記

時馳駿馬，每駕長車。歷藴秀之名川，來凌雲之高廬。管鮑相逢，豈同尋常揖讓；金蘭共契，定發异樣歌呼。而乃乘興揮毫，浮白拱手。照水瞻天，言空説有。主尊客雅，解頣以無限風光；心曠神怡，縱歡以陳年老酒。若夫春探新花，夏觀瑶草，秋愛天清，冬吟雪好。俯察則野沃疇平，仰視則月明星渺。于是美鄰老友，田夫奇叟，策杖偷閑，履吏用舊。必吟前人成句曰：鳥倦飛而知還，雲無心以出岫。

赤峰對調邀請賽記並序

赤峰有「三對」，一對象，一對夾，一對調。對象者，情侣也，夫妻也。戀愛曰搞對象，結婚後雙方依然是對象，即耄耋相對，老夫老妻，仍以對象互稱。對夾剖餅夾肉，餅酥肉熏，齒頰留香，百吃不厭。至對調，則爲紙牌之戲，頗存智慧考量，與平常游戲不同。二〇一一年元旦，赤峰鄉人曾在呼舉辦對調大賽，因以此文記一時之盛。

北山色异，南水流長。爰取一峰之赤，來名文物之邦。西城之煌煌大盛，惟新氣象；東區之樸樸清純，不盡蒼黄。從來清平時政，八方正沐時雨；況兼凌雲遠舉，百姓廣披陽光。

而乃閑暇游戲，非歌非舞。養心敦誼，對調爲主。四人相向，整頓衣裳而列席；二組分開，凝聚精神而專屬。明其次序，搶點以占頭牌；守其規矩，亮花以定步武。盡獻智慧，覃思運一百八張；各出心裁，巧手謀乃主乃輔。當是時也，收發之間，暗含妙理靈光，咫尺之内，每多雲龍風虎。當場有機謀者，雙三能調大王，偶然失籌算者，連彈不及小五。事須敬謹，一路升平，結果未必高魁；理貴堅持，暫時落後，開花依然滿樹。

今當元旦，萬物澄明。雲平風定，天高日晶。吾鄉平安，人民載歌載舞；

品物豐阜，諸事乃升乃登。兩日鄉友會聚，青城皇皇曄曄；千里貴賓親臨，佳會穆穆雍雍。于是人人踴躍，百桌齊開對調；當時處處歡欣，十室同浴鄉風。

乃爲歌曰：

山水名區，天下赤峰。陶鳳嫵媚，玉龍崢嶸。
人民勤勞，誰出其右；史跡斑斕，吾生其中。
休暇游戲，唯重對調；往來交誼，不盡高朋。
籌劃安排，豈但牌張，諸事主强副好；
經營商略，尤期花色，滿眼梅墨桃紅。

賈拉森活佛誄文

驚悉賈拉森活佛圓寂，不勝痛悼。水遠山長，殊深殄念。恭作短誄，用寄哀思。誄曰：

于唯活佛，幼承衣鉢。進德向善，洞悉本末。
教育群賢，思深理闊。發無量智，源頭水活。
賀蘭高崇，草木清榮。于焉駐錫，願力深宏。
瞻兮謙謙，若朝雲清。語兮温温，勝獅吼聲。
荒原遠樹，尤乏霖露。法雨春風，時予垂顧。
九有京華，廟堂道路。民生國計，傾情呵護。
法輪長轉，金蓮總持。養天之和，作玉之梯。
樸素其表，朗潤其姿。語切至理，心是良師。
道平如砥，唯行唯止。花謝花開，姚黄魏紫。
繼往開來，天地大美。應運涅槃，邦失良士。
青山含痛，朝光夕冥。河水流傷，瀾净波零。
當時杖履，他年日星。麟鳳吉光，口頌心銘。
知有大緣，分有預期。華英其落，甘棠以思。
何所頌德？皇穹靈旗。何所志哀？誄以記之。

悼于清一同學

驚悉于清一同學病逝，不勝痛悼。感念緬懷，莫此爲極。

清一之學術：潛心載籍，寄意柔翰，外觀内省，追慕前賢，識見淵通，華彩富贍，作爲文章，浩乎沛然。

清一之平居：沉穩扎實，厚重人倫，關心同學，地遠益親，仁民愛物，富貴浮雲，山川登眺，每多會心。

嗚呼，悲凉風于天末，憐水止而珠沉。將長泣以懷思，天何薄于斯人。臨文涕零，諸希節哀。

癸巳之春成吉思汗查干蘇魯克大祭祭文

此篇原稿係他人所作，倩予改定，乃略存其意，文辭則改其十九。

維公元二〇一三年四月三〇日，歲次癸巳，建辰廿一，成吉思汗查干蘇魯克大祭吉日，各族各界民衆，敬謁聖地陵園，恭謹致祭于成吉思汗之靈：

昔者聖主龍興，震動宇寰。斡難河畔，走鹿翔鳶。蓬勃萬類，豈惟英雄鐵騎；奔流九派，不但大漠長原。運籌帷幄，展鴻圖于化外；決勝千里，連歐亞指天邊。一代天驕，藐從來之王者；黄鐘大吕，接終古之聖賢。况復拓舊開新，吾疆統一宏闊；經文略武，异域順化安然。乃有望重金石，建崇陵以臨大野；恩深草木，裕斯後而光其前。

今兹更新萬象，肇始一元。乾坤絪緼，天地化宣。起幽蟄于厚土，發草木以初芊。經濟騰飛，洵品豐而物阜；政治清平，誠國泰而民安。創新科技，着先鞭而致遠；繁榮文化，開諸卉而殊妍。民族團結，唯同心其介福；社會和諧，正携手以比肩。建設小康，事業煌煌并舉；位育精神，祥瑞纚纚臻駢。興國之夢，計長久以富民；安邦之策，反腐敗而倡廉。赫兮盛世，開新篇以續青史；偉哉中華，邁往古而垂萬年。

茫茫乎伊金霍洛福地，巍巍乎鄂爾多斯高原，千里光亨，萬衆偕歡。典循展祭，祀地郊天。氣升太一，精淪九泉。致烟薦酹，獻馨肆筵。揚馬乳以九復，向青蒼之碧天。飾溜圓之白駿，祈大地之平安。伏冀時雨和風，澤被良原廣漠；玉露甘霖，惠沐蒼生萬千。于是九有八荒，同得聖主之休；南疆北地，共獻清穆之荃。祀禮告成。伏惟尚饗。

甲午之春成吉思汗查干蘇魯克大祭祭文

維公元二〇一四年四月二〇日，歲次甲午，建辰廿一，成吉思汗查干蘇魯克大祭吉日，各族各界民衆，敬謁聖地陵園，以鮮花時果之馨，醇醴香酪之薦，黄鐘大吕之音，敦誠篤敬之禮，恭謹致祭于成吉思汗之靈曰：

赫兮天驕，如日光輝。江河浩蕩，山岳崔嵬。

斡難奔流，鯤鵬變化。九有翱翔，風雲叱咤。

思深萬類，塞漠長原。決勝千里，海滏大宛。

彪炳輝煌，文韜武略。玉振金聲，醒世之鐸。

鴻圖化外，若股若肱。吾疆一統，乃升乃登。

闊野崇陵，海天重望。裕後光前，其高無尚。

今我中國，肇始新元。萬象更新，天地化宣。
築夢同心，深化改革。民族和諧，爲羽爲翮。
經濟穩健，政治清平。蘭芷芬芳，草木欣榮。
文教修崇，精神位育。興利除弊，端嚴整肅。
八駿在野，我獻其良。載馳載驅，造福萬方。
繁星麗天，我辰耿耿。屏藩吾華，江山永靖。

伊金霍洛，鄂爾多斯。天生瑞靄，地涌蘭芝。
萬衆偕歡，同心介福。無限光亨，祥和馥馥。
乃循典則，祀地效天。乃敬太一，精淪九泉。
乃獻清鮮，致烟薦酹。乃揚馬乳，九復其最。
乃飾白駿，健碩溜圓。乃祈甘露，潤我山川。

聖者之休，維民所止。北域南疆，共承其祉。祀禮告成，虔虔我心。陳斯俎豆，神其來歆。伏惟尚饗。

乙未之春成吉思汗查干蘇魯克大祭祭文

維公元二〇一五年五月九日，歲次乙未，建辰廿一，成吉思汗查干蘇魯克大祭吉日，各族各界民衆，敬謁聖地陵園，謹以瑶草奇花之芳，清酤香酪之獻，宏遠肅穆之音，竭誠至敬之禮，致祭于成吉思汗之靈曰：

登莽莽之長原，對浩浩之碧霄。仰肅穆之聖殿，拜無上之天驕。惟大德之聖主，如日月之昭昭；惟聖主之大德，若河海之滔滔。得斡難之滋育，養騰霄之羽毛。鍛雄强之心魄，射天陲之大雕。馳磅礴之鐵騎，蕩九有之雄梟。懷深沉之愛意，任萬類之游翶；展鴻圖于化外，會諸族而誠交；拓疆域于海澨，入史册而高標。

運非凡之智慧，創國體與律條。以超卓之業績，證武略與文韜。
始金聲而發軔，焕偉烈以同袍。終玉振而奏雅，享大名以彌高。
位崇陵于福地，閱大野之妖嬈。誠光前而裕後，永康樂以逍遥。

覽今日之吾華，正迎祥而納瑞。懸麗日于長天，敷春陽于九地。
達小康以築夢，倡改革而除弊。依法制而運興，肅風氣而國治。
强根本以培元，順民心以興利。言政治則清平，振精神則位育。
修文教以凝心，舉賢能以聚智。顯繁星之皎然，拱北辰之熠熠。

我北疆之風景，正亮麗而雄奇。馳八駿以奮發，據良原而前馳。
以耿耿之丹心，報彬彬之盛時。永屏藩于塞漠，護家國之旌旗。
神聖伊金霍洛，光彩鄂爾多斯。偕歡同于萬衆，介福至于須眉。
分無限之吉兆，舉雍雍而熙熙。沐天生之瑞靄，接地涌之蘭芝。

循不移之典則，祀后土而郊天。敬昌明之太一，禮精淪于九泉。薦醇醴與庶羞，蔚雲氣與香烟。揚馬乳其九復，飾白駿其溜圓。祈好風之習習，令日朗而花妍。祈甘露之時降，令國泰而民安。祈經濟之騰飛，令富庶而有年。祈社會之承平，令文明而化宣。祈生態之佳好，令中外其瞻觀。祈九州與四海，令福澤其綿綿。沐聖主之鴻休，表予心之拳拳。陳如山之俎豆，神其來兮翩翩。伏惟尚饗。

詩鐘之部第五

嵌字格三八題

中衆一唱　鳳頂格

中懷坦蕩真如砥；衆望參差早似山。

意存二唱　燕頷格

未意邊風親造化；真存大德好文章。

匹秋三唱　鳶肩格

長思匹馬從軍樂；每恨秋光入眼多。

情境四唱　蜂腰格

月帶詩情臨碧海；山存畫境隱平峰。

心老五唱　鶴膝格

半畝園荒心永繫；三圍木長老須還。

黄艷六唱　鳧脛格

應從九月採黄菊；莫向三春作艷詩。

博青七唱　雁足格

終古門楣稱物博；于今品物待眼青。

博青七唱　雁足格

休誇衣帶稱褒博；要以學行得眼青。

松月一唱　鳳頂格

松風大美龍蛇舞；月色高明海岱思。

雁魚二唱　燕頷格

繫雁足書渾不是；剖魚腹素每非期。

唱吟三唱　鳶肩格

悲歌唱徹刀鳴鞘；壯句吟多馬嘯空。

長博四唱　蜂腰格

駘蕩風長雲弄綺；連延石博水驚湍。

吾我五唱　鶴膝格

春風至味吾與點；秋水常行我知魚。

猶且六唱　鳧脛格

山期永立恩猶偉；月不長圓恨且深。

柄心七唱　雁足格

樓倚重霄旋斗柄；菊從峻節得天心。

危絶一唱　鳳頂格

危欄拍遍襟懷遠；絶句吟多塊壘平。

覆傳二唱　燕頷格

能覆詩文垂雨露；好傳書畫比春秋。

掌嬖三唱　鳶肩格

爲期掌底生花美；早向嬖中煉尾焦。

山友四唱　蜂腰格

我望蒼山秋氣漸；誰教故友雁書來。

雲夢五唱　鶴膝格

破紙窗前雲雨驟；孤臣塞下夢魂深

關禁六唱　梟脛格

英雄未覺陽關遠；小子尤欣歲禁多。

重晴七唱　雁足格

折柳臨歧知厚重；當歸把酒問陰晴。

樹花一唱　鳳頂格

樹有直心終器大；花無媚意總香純。

影風二唱　燕頷格

月影澄清茶似酒；邊風浩蕩樹猶琴。

志雲三唱　鳶肩格

風人志意傳家久；嶺海雲章繼世宏。

秦楚四唱　蜂腰格

住近西秦思孔阜；行深古楚感離騷。

山水五唱　鶴膝格

北鄙最憐山戴雪；南邦尤愛水浮星。

山水五唱　鶴膝格

晋得秦鐘山振鐸；漢沉白馬水宣房。

夏秋六唱　鳧脛格

九有神聰知夏好；大方名句寫秋高。

夏秋六唱　鳧脛格

萬物任興知夏養；金風時至報秋臨。

淚詩七唱　雁足格

能流去國懷鄉淚；不做憂讒畏譏詩。

淚詩七唱　雁足格

初聞捷報還流淚；莫倚危欄却作詩。

因果一唱　鳳頂格

因生子丑真須大；果有文華未可量。

鵝雪二唱　燕頷格

換鵝坦腹皆勝義；吟雪聽琴兩高懷。

當得三唱　鳶肩格

事業當如鵬翼遠；襟懷得似羽旗紅。

粱豆四唱　蜂腰格

盡有膏粱供上國；豈無瓜豆養平人。

三九五唱　鶴膝格

冰開河水三千里；心繫關山九萬重。

暖新六唱　鳧脛格

鶯且知寒鳴暖樹；春猶凍土待新陽。

脚輿七唱　雁足格

無邊快樂春生脚；有味牢騷楚接輿。

分詠格三一〇題

柿子樹　松

纍纍垂瓜金表裏；蒼蒼懸蓋緑春秋。

螞蟻　蜜蜂

曾因好夢稱槐國；每向凡花得密香。

成吉思汗　匾

射雕拓土連歐亞；褒哲依賢記事功。

愚人節　春水

時逢好日談玄衆；鴨噪平池試暖多。

答諸生問　飛天

無間解惑春風起；有帶翔雲彩袖飄。

編輯　韓非

與人作嫁千秋事；傳我説林孤憤臺。

拐杖　外交官

游歷山川憑指點；出入邦國縱馳驅。

泉水　太和殿

柳文簡峻清流比；盛典恢宏紫禁開。

邯鄲　土地

完璧負荆都彼趙；生民載我大其疆。

洛水　少林寺

九疇出處神龜渺；五乳陰晴禪境殊。

小布什　莊子

有美共名君實後；觀濠儕輩我知魚。

精衛　金融危機

獨銜海恨西山石；坐看濤驚華爾街。

十二生肖　秋水

羊馬從來比君子；時空終古誤蟲蛙。

武當山　大同石佛

霄呈正色朝參嶺；曇曜華光入彩雲

武當山　大同石佛

峰參一柱稱太岳；曇曜五窟駐流雲。

掙錢　裱畫

因謀粱稻非夷甫；爲展春山作郎中。

胡楊　鴨

萬載漠風揚异葉；一池春水看青頭。

鴨　胡楊

知水斯禽春江暖；當秋彼木大葉金。

袋鼠　悉尼歌劇院

如君懷抱休伸手；偌大風帆每發聲。

蟹　《世説新語》

二螯八跪居無所；雅量清談志有風。

暴力　彩霞

强弓大戟隨時用；紫絮雲花着意垂。

暴力　彩霞

肆欲瘋狂難解道；飛雲璀璨好吟詩。

比薩斜塔　中國功夫

危莫危夫斜逐漸；多乎多也派離奇。

孔子像　奥運會

廟貌風和吾與點；神京巢偉鳳來儀。

白居易　《四庫全書》

初爲直折劍，憂國憂民憂社稷；竟作曲全鈎，集經集史集風流。

鷹　和尚

一翅雲開，狡兔城狐驚側目；六塵雪盡，青燈古寺記輪年。

駱駝　蘇東坡

背上峰巒，健蹄莫非神物種；胸間壘塊，華文况是髯公書。

范伯子　蒼松

萬語縱横，誰把鴻章比東野；十年親切，我從清影認天龍。

司母鼎　東方朔

尊名疑司后；巧笑見賢愚。

孔子像　奥運會

崇尊師表；冠領五環。

銅鏡　屈原

照花前後；長佩陸離。

辛稼軒　佛龕

醉推松去；開見如來。

牛　象

憐君頭角；重爾齒牙。

牛　象

無關風馬；有貴齒牙。

鍾馗　薩克奇

食虛耗鬼；法短身君。

名　錢

正而言順；無以致貧。

名　錢

斯馨身後；阿堵榻前。

水　心

曾經滄海；長在玉壺。

老子　香港

成書尹喜；歸賦荆開。

岳陽樓　耶穌

臨天下水；救世間人。

岳陽樓　耶穌

名高偉記；歷開新元。

乾隆　陸放翁

帝詩四萬；臣愛三生。

袁世凱　鎮尺

真銀元首；是紙押司。

草原　硯臺

雲騰大野；墨飽侯池。

魯迅　茶

記狂書憤；烹葉得香。

魯迅　茶

民魂是重；國飲斯馨。

中秋　馬

八月分也；九方相之。

驢　帆

劍門細雨；烟際孤光。

《詩經》飛白

思無邪旨；體法鴻都。

颱風　寒冬作詩

畏來木拔；冷至腸枯。

琵琶行　李清照

暫明白耳；兼悴黄花。

樂黛雲　果報

愛深一介；緣了三生。

護照　理髪

通關手段；到頂工夫。

護照　理髪

出將入相；唯上圖新。

書　松樹

源生洛水；影傲虬龍。

領帶　鏡框

蝤蠐西束；諸像四圍。

細雨　油燈

無聲潤物；有主生光。

蘇東坡　紫禁城

斯文海若；金殿煌如。

慈禧太后　西湖

重簾滿月；十里荷花。

翻譯　蘭花

達志通欲；所南無根。

翻譯　蘭花

异文通也；清氣擬之。

老鷹　花木蘭

孤飛片雪；還重花黄。

夏　魚

初傳由禹；偶得忘筌。

蒲團　劍

參禪法止；射斗龍吟。

白描　羅漢

素無色相；果屆佛僧。

白描　羅漢

非空非色；近佛近僧。

白描　羅漢

非空無色；近佛是僧。

吟詠　茶

直成鬚賊；固是酪奴。

吟詠　茶

哦詩味正；入水芽香。

嵇康　杜甫

鍛能輕會；飯豈忘君。

五臺山　馬一浮

金明佛著；漚滅花開。

五臺山　馬一浮

楊郎在此；單騎行空。

胡適　王安石

何之博士；無畏相公。

胡適　王安石

對真行者；呼好舍人。

孫過庭　曹雪芹

爲書譜好；寫夢樓紅。

孫過庭　曹雪芹

疑存譜序；愛重聾兒。

大風　金融危機

吹雲捲地；失業驚天。

鐫刻　鍾馗

乃攻石也；肯恕人乎？

鐫刻　鍾馗

奏刀方寸；嫁妹鼓吹。

壽星　沙塵

頭生道柳；面有君痕。

臨帖　做官

欲圖墨像；且坐高衙。

少林寺　人大會堂

一山尚武；九有崇高。

雁　鱖魚

足能作使；歌已稱肥。

紙　筆

文章行在；翰墨刀槍。

岳飛　李煜

公忠鵬舉；好句重光。

李煜　岳飛

心如赤子；志抵黄龍。

黄河　雷海宗

巨龍多曲；强國一兵。

魏晋文人　中國古代書院

酒藥風度；思行藪淵。

《詩經》　宋儒

三家佚去；五子開來。

宋儒　《詩經》

道融三教；體具四分。

梅花　對弈

驚時映雪；以子争雄。

梅花　對弈

凌霜吐艷；執子争雄。

敬安　曾國藩

哭花明道；爲政耐煩。

柳永　李漁

填詞有旨；作戲無聲。

王勃　天鵝

三株寶樹；一偶精禽。

摺扇　枕頭

風懷摇也；静夜凉其。

魏徵　張居正

十思諫主；一相匡明。

《范曾畫傳》《離騷》

抱冲溢彩；吟楚同風。

編輯　木雕

剪修來作；刊刻出林。

椅　雲

正襟坐此；畫棟飛其。

蒲團　茶

禪深藉爾；茶苦稱何。

烟　湖

柳管孰染；潭鏡未磨。

斗室　墨

處方容膝；書則研君。

劉禹錫　豹

排雲詩鶴；印背文泉。

文章　金錢

司馬兩擅；鄧通尤多。

文章　金錢

司馬能事；鄧通擅名。

華清池　瀛臺

恩深浴後；法變留前。

華清池　瀛臺

承歡出此；困帝入斯。

褒禪山　驪山

生險遠論；有華清池。

杜甫　觀音

吟詩成聖；誦號濟人。

李白　褚遂良

詩真無敵；綫故有痕。

鳳凰臺　錢鍾書

鵷雛游處；學問默存。

酒杯　蘭亭

浮成孤憤；映帶激湍。

蘭亭　酒杯

騁懷一詠；邀月三人。

蘭亭　酒杯

無詩大令；酌月三人。

二胡　相聲

琴源叔夜；鼎盛酉兒。

八大山人　王羲之

青雲雪个；盛譽蘭亭。

八大山人　王羲之

雁魚白眼；模楷蘭亭。

天姥山　李清照

太白因夢；明誠賭書。

電視　醉翁亭

欣其動影；翼爾臨泉。

三味書屋　沈園

師吟怪句；陸吊遺踪。

沈園　三味書屋

無綿吹柳；有教鏡吾。

扁舟《九歌》

高接范蠡；首倡東皇。

弗洛伊德　王陽明

西哲説夢；我儒唯心。

弗洛伊德　王陽明

西哲證夢；明儒觀花。

王國維　法乳

始分三境；長養道身。

王羲之　岳飛

東床坦腹；怒髮衝冠。

山鬼　漁父

離憂之女；取適之翁。

柳　驢

情折千尺；恨生一蹄。

柳　驢

恭貌濯爾；楚鳴恢然。

簫　劍

曾吹吴市；乃入魚腸。

道　流水

不可説也；焉能留乎。

印章　央視新址

雕文示信；播火雷人。

夢　霜

莊生蝴蝶；秋露蒹葭。

主持人　賣炭翁

肆其容舌；營我食衣。

主持人　賣炭翁

舌兮容與；綃乃值焉。

主持人　賣炭翁

舌簧鼓矣；宫市奪之。

主持人　賣炭翁

容與其舌；使驅我車。

茶壺　烟斗

芽香鼓腹；火辣經腸。

茶壺　烟斗

分香出腹；執柄吞雲。

釣魚臺　吴作人

玉淵萬柳；書畫兼雄。

柳宗元　大雁塔

遠遷戍戒；新進題名。

網　風

孔疏嗣尾；波起平池。

洞　燈

千年七日；一主同輝。

浮雲　禿頂

高樓乃爾；吏部若斯。

浮雲　禿頂

盤空雨蘊；絶頂毫光。

門　除夕

開憂七事；守竟通宵。

紅豆　魯迅

相思有木；硬骨無儔。

江淹　浮雲

生花索錦；弄巧分陰。

賀年片　岳陽樓

春來一卡；序壓諸樓。

賀年片　岳陽樓

春飛信卡；樓有鴻文。

十二生肖　朗誦

像其角羽；宣汝音聲。

十二生肖　朗誦

相分奇偶；聲發抑揚。

《論語》沐浴

傳承張禹；拆洗半山。

秋郊　隱士

霜凋野樹；學入荒林。

秋郊　隱士

肅殺原野；高居市朝。

《海外散文三十三篇》元旦

聲華西漸；日月一歸。

《海外散文三十三篇》元旦

文昌外域；日歷新年。

蛇　范曾書法

形關弩影；字有心源。

蛇　范曾書法

身心一索；法道宏開。

峨眉山　吴道子

峰出西極；帶如我玄。

峨眉山　吴道子

雲垂峰秀；畫逸帶風。

項羽　廬山

三機鑄錯；一瀑開先。

黄山　范伯子

歸看岳小；代有文雄。

黄山　范伯子

夥皇色易；放練相參。

金融風暴　菩提達摩

牛熊頓化；象馬恒昌。

金融風暴　菩提達摩

沉街雷曼；面壁少林。

《急就章》　鶼鰈情深

詞文無復；翼目每聯。

鶼鰈情深　《急就章》

李楊私語；袁虎捷才。

鶼鰈情深《急就章》

蹉跎無狎；瞬息可成。

李鴻章　菊花

合肥曾賞；同瘦易安。

曾國藩　梅花

垂世文正；報春雪香。

曾國藩　梅花

爲人八本；遜雪三分。

范曾　醫生

有師入聖；多術施人。

范曾　醫生

譽隆蓋世；聞切懸壺。

《論語》　沐浴

忠恕一貫；髮膚重新。

蘇格拉底　燭臺

教如助産；心可擎明。

柏拉圖　海

分科創首；以水吞天。

西湖　潘天壽

三潭印月；一閣存詩。

和氏璧　新疆

潛光楚野；藴玉昆岡。

和氏璧　新疆

疑平卞子；壯哉天山。

魚　都江堰

脱淵不可；分水難能。

青花瓷《春秋》

釉元燒彩；書法責賢。

請柬　相册

得須命駕；留可延年。

請柬　相册

無成不速；有可端詳。

玻璃　僞幣

着窗得月；無處探花。

寒流　李賀

真能砭骨；直欲嘔心。

蘇東坡　霧

願兒愚魯；當面濕迷。

光陰　塔

白駒過隙；多寶凌空。

王國維　鐫刻

自沉雅化；每篆華章。

松　李白

龍蛇清影；詩酒謫仙。

清茶　大寒

杯澄葉秀；室冷裘深。

古賢　郵票

良可崇也；是能信焉。

信　香爐峰

今書古使；白著名詩。

冬　《道德經》

鑒松凜節；暢老玄談。

桃花　雪

開玄都觀；逐北國風。

桃花　雪

玄都放蕾；北野隨風。

桃花　雪

阮妻絶妒；甲士來思。

石頭　白髮

聽經點首；染雪連鬟。

石頭　白髮

聽經點首；贈句羞林。

神話的破滅　美國

傾天次貸；假手東瀛。

神話的破滅　美國

天傾次貸；欲亂瀛洲。

鼉　桃花源

纀心中曲；避世上人。

鼉　桃花源

老不如鼠；歸無問津。

《蘭亭序》　謝公屐

行書選首；托足登崇。

《蘭亭序》謝公屐

爲書絶代；着齒升雲。

《蘭亭序》謝公屐

書推文序；足履齒牙。

酒　伶人

飲不及亂；倡多承平。

酒　伶人

長歌每對；舊曲時翻。

酒　伶人

飲澆塊壘；倡頌承平。

伶人　酒

歌翻舊曲；酌對春風。

梅蘭芳　茶

名軒綴玉；待客驚雷。

梅蘭芳　茶

冠程荀尚；分緑白紅。

范曾　蘭花

春風沐我；幽谷生君。

楊貴妃　流水

寵能專夜；清可濯纓。

楊貴妃　流水

專寵若此；有逝如斯。

王昭君　火

出漢因漢；當燃可燃。

王昭君　火

都緣彼壽；下策阿奴。

烏龜　莊子

着金名婿；唯我知魚。

老子　兔

當關尹喜；伴月嫦娥。

李仁臣　一袖清風

邊風凍准；只手當場。

考古　博士生

現甄史跡；高坐春風。

《儒林外史》　濰坊

蜚聲舉范；法像凌霄。

達摩　手機

横江葦可；舉指寰通。

達摩　手機

歸宗一履；舉指通寰。

劉義慶　仙鶴

猶存兩志；便引詩情。

劉義慶　仙鶴

豐城盛譽；曲澤天聞。

茅屋　窗簾

甫思廣厦；閑挂銀鈎。

車　冰

貫如流水；清若玉壺。

鞭　盆景

策其狗馬；籠爾天峰。

鞭　盆景

良須遠策；小看殊峰。

枯木　酒懷

空存段幹；可惜流年。

枯木　酒懷

漸緣竭盛；忽惜流年。

花　槐樹

聞經天雨；夢蟻國殤。

花　槐樹

聞經天語；服實目明。

槐樹　花

三株盛族；一雨開心。

槐樹　花

三株盛族；兩岸舒霞。

花　懷素

當春色艷；到底書狂。

花　懷素

金帶呈瑞；醉僧繼顛。

日本　唐伯虎

曾侵禹甸；最愛桃花。

日本　唐伯虎

曾窺禹甸；未點秋香。

窗 階

内聽以視；紅藥當翻。

窗 階

易安晝永；常見苔青。

露水 杜甫

津凝草上；史藴詩中。

雪 鄭成功

戰龍萬甲；撾面孤忠。

風 辛稼軒

凋三秋葉；獻九議書。

風 辛稼軒

樹頭少女；詞裏真龍。

牛年　圍巾

新正建丑，大乃披肩。

佛　微塵

開花即現，以氣能吹。

佛　微塵

因師象教，有大千經。

泉　鹿

歸猶帶月，得可稱王。

茶館　向日葵

禪思得所，臣節真時。

腐敗　藍天

醢酸蚋聚，日朗雲除。

鄧小平　大海
猫其論偉；水也天齊。

鄧小平　春天
安邦兩手；嫩柳千絲。

相片　瓜子
因而留影；聊以及仁。

相片　瓜子
印留諸色；聊報已仁。

血脂高　牙疼
無神眩目；有齒關心。

方孝孺　奥運會
孤忠絶代；萬國來巢。

佛　監獄

生花聚頂；有犯成圍。

廟宇　蘭花

香花净土；色相空林。

廟宇　蘭花

常敲魚腹；每感歲華。

鶴　佛家

因擎丹頂；果報梵音。

佛家　鶴

守其三寶；鳴我九皋。

佛家　鶴

低眉上智；仰首清音。

石碑　烟缸

幾行警策；滿腹雲霞。

石碑　烟缸

燕然一勒；渺哉三圍。

茶　中國畫法研究院

斟山間秀；聚頂上英。

竹　湘夫人

共憐高節；不愧眇愁。

楊玉環　李後主

回眸百媚；有目重瞳。

禰衡　司馬相如

傳奇鼓吏；有漢辭宗。

禰衡　司馬相如

真狂鼓吏；挑卓文君。

酒　鳳凰

焦家歡伯；火裏涅槃。

酒　鳳凰

爲君邀月；于火升華。

酒　鳳凰

歡伯介壽；火禽涅槃。

荆軻　鶩

猶寒今水；并舉落霞。

王勃　馬

凌雲自惜；掣電誰雄。

王勃　馬

比鄰海内；踪跡天涯。

宋玉　張良

登徒好色；博浪驚天。

宋玉　張良

朗吟風色；勝算乾坤。

泰山　劉邦

小天下處；居漢中人。

廬山　成吉思汗

誰識真面；我射大雕。

范曾藝術館　司馬遷

畫懸滄海；情得楚騷。

范曾藝術館　司馬遷

有情滄海；無韻楚騷。

曲江　廬山

潜行野老；遠挂銀河。

女　秋

宜家宜室；載獲載收。

酒　茶

飲邀滿月；烹用清泉。

酒　茶

長邀桂月；且盡盧仝。

牡丹　孫權

是稱國色；無覓英雄。

王陽明　船

誰格斯竹；我敲彼舷。

康有爲　長臂猿

公車奮發；蜀道愁攀。

烏龜　公鷄

懸金婿好；破曉聲清。

心　意

境相由生；言辭欲達。

蓮花　篆刻

佛圖燦舌；童子雕蟲。

國畫　書院

工寫聿止；學思其來。

收藏　蘭花

聚其長物；發爾幽香。

馬　《離騷》

應期千里；不是牢愁。

獸醫　西湖

恩深頭口；澤漾白蘇。

釋迦　霍金

我心自證；蟲洞君開。

唐僧　楊柳

還源歷難；挂月留行。

范仲淹　尼采

寧窮塞主；是大超人。

草　烟

長原倚緑；近水織雲。

畫　牡丹

點睛飛壁；酣酒染衣。

寒山寺　烏衣巷

楓橋夜泊；舊燕時回。

西湖　黃鶴樓

未休歌舞；空對白雲。

月亮　牛角

仰爾觀澄；鑽其執迷。

河水　群星

乃宗東海；是仰北辰。

荷葉　土地

亭亭圓蓋；眇眇方輿。

會計　流雲

盈虧有數；舒卷無端。

花盆　信封

升華固本；緘爾達人。

忽必烈　雪

開元盛世；印舊鴻痕。

聯語之部第六

酬對聯語六十八則

一

公忠連廣宇，詩清竟若孟東野；
浩氣塞長天，骨硬誰方孔北山。

二

東風開絳帳，莞爾玄談驚四座；
大海象威儀，翩如妙手撥千弦。

三

八部早朝宗，厚積壤土終泰岱；
百川今匯海，廣納涓流至汪洋。

四

欣聞絳帳開，擊水三千鵬舒翼；
喜看春雲起，從風無數石點頭。

五

大儒振宗風，芥子須彌從指顧；
正學關國脉，人心世道好平章。

六

吐屬動寰中，長霏敢比愛倫堡；
聲華傾宇内，偉論應傳拜占庭。

七

中外幾高人，吞吐雲烟横斗柄；
門墻多雅士，瞻依海岱仰天機。

八

氣象禀心傳，腹内甲兵匣中劍；
文章關世運，樓頭大賦壁間書。

九

九重仰鴻文，碧水三圍貫怡樂；

四海知令德，和風一路景陽春。

一〇

敢言報春忠，童頭耿介臨碧水；
自有觀人智，青目怡然對長天。

一一

雅士愛春遲，光天箇樹頭上净；
大儒憐草長，茂竹繁花世間怡。

一二

未便去凡心，心便如佛頭上净；
要能思瑣事，事能體道世間怡。

一三

景陽對江山，大雅從容頭上净；
福田逢雨霧，初心一貫世間怡。

一四

想見主尊客雅，曲水橋邊，青頭隱顯，正是弦歌游戲地；
誠知花美山榮，垂楊影裏，好句吟哦，猶如齊魯舞雩天。

一五

夫子大道連忠恕；
先生玄機貫怡然。

一六

能張高第，唯常行忠恕連貫；
且學大儒，早安排怡然從風。

一七

盛世看傳孤，應向精忠悲扼腕；
中華將起鳳，方經烈火得涅槃。

一八

武庫羅胸開奇彩；文章濟世種福田。

一九

天縱先知九有八，燕爾千秋，長吟温其乃玉；
臣愚倘得五若三，蔭其八部，共仰騎士者崇。

二〇

先生春睡足，華堂境是草堂境；
後學壯思飛，北嶺雲隨南嶺雲。

二一

將歷三高境，非魚非肉非緣胖；
未安四大心，在利在名在忘機。

二二

寧作嶺頭雲，爲探高深三寶笈；
無如池邊樹，早送朗麗一番風。

二三

從漁從牧從農耕，從古山川依舊，華疆無恙傳後澤；

乃馬乃車乃海運，乃今史志尚存，高鐵有幸近先生。

二四

書脛作頸，以凫膝下猶齊鳶肩上；化鯤成鵬，知碧霄飛絶勝北海行。

二五

著作超群，風雲屯涌；人物卓犖，頭角峥嶸。

二六

八部才情，真如汗血，歷塊過都無遠闊；一人心氣，早是天龍，追風掣電任高崇。

二七

君蝦若長龍，白石當年傳海曲；吾華真火鳳，寰宇無處不春風。

二八

曾麾鐵馬營新緑；
每建高標入汗青。

二九

登遐此日觀新緑；
仗士當時耀汗青。

三〇

酒家何處，楊柳低垂，每當月白風清，勝地也應招子美；（原上聯）
花影此時，星河暗轉，常有主尊客雅，良辰相與重淵明。（鄭福田）

三一

暢叙愜幽情，拓地無多，何必在獅林鶴市；（張榮培）
朗吟懷古意，襟風自遠，要須探鳥篆魚書。（鄭福田）

三二

水光接天，人影在地，月白風清，問良夜誰來赤壁；（洪良品）

牧歌吹鬢，雁陣排空，霜高露冷，仰鴻文我對蒼山。（鄭福田）

三三

論長江勝跡，那便數到黄州，看當前風月如新，洵知地以人傳，賴有坡公兩篇賦；（原上聯）

聽野老閑譚，早當燒完赤壁，知此後是非仍舊，乃悟名由文立，能無本貫百卷書。（鄭福田）

三四

天地幾閑身，試問名利場中，哪有此清凉世界；（寥成之）

典章齊聖德，爲探海山藏内，誰如公錦綉心腸。（鄭福田）

三五

天地幾閑身，試問名利場中，哪有此清凉世界；（寥成之）

歲時多正意，應知雪梅頂上，方分其馥郁香花。（鄭福田）

三六

天地幾閑身，試問名利場中，哪有此清凉世界；（寥成之）

歲時多雅趣，應知雪梅頂上，方開其爛漫雲霞。（鄭福田）

三七

天地幾閑身，試問名利場中，哪有此清涼世界；（寥成之）
乾坤余過客，休論佛禪史上，渾無那熱鬧心腸。（鄭福田）

三八

馬背詩情，楊柳春風堤上路；（趙　藩）
天陲雁影，滄桑大野耳邊風。（鄭福田）

三九

湘水吊忠魂，豈唯經著離騷，詞藻千秋推鼻祖；（張榮培）
蒙疆馳良驥，應羡目空遠闊，國家百代尚元功。（鄭福田）

四〇

直指見心，慈雲塔現如來金粟眼前，七寶莊嚴參佛相；（吴鴻章）
無須亂道，美慧根具當下尋常體内，一言親切是福田。（鄭福田）

四一

居白門久，無往非釣游足跡所經，何須皖山皖水，常想象夢中風月；（徐淮生）

作青眼觀，俱都是杖履心期到處，未必春雨春雲，盡飛揚天上文章。（鄭福田）

四二

古寺燃燈，借一點靈光，好讀聖經賢傳；（朱　書）

朝花得露，是何方法雨，來澆普願深禪。（鄭福田）

四三

乘鶴已成幻説，只因李白擱筆，崔顥題詩，藉他才名傳千古；（章佐龍）

攀龍曾遇明王，却教力士脱靴，楊妃捧硯，恃我豪氣誤平生。（鄭福田）

四四

乘鶴已成幻説，只因李白擱筆，崔顥題詩，藉他才名傳千古；（章佐龍）

吹簫終得良緣，誰羡月老牽絲，王郎坦腹，有彼逸女足平生。（鄭福田）

四五

結伴品茗，話海闊天空，一盞清茶思往古；（原上聯）
當風吹帽，偏詞雄韻險，幾人大賦爍來今。（鄭福田）

四六

彼岸安排多寶筏；（鄭福田）
此生吩咐一蒲團。（原下聯）

四七

世所奔驅吾獨弃；（原上聯）
心能縱放句同高。（鄭福田）

四八

我生無田食破硯；（原上聯）
公學多欲證禪心。（鄭福田）

四九

吟安赤壁；（鄭福田）

躲盡危機。（范　曾）

五〇

福田稼穡勤，詩書在腹非緣胖；（范　曾）
夫子弦歌遠，雨澤當春有幸多。（鄭福田）

五一

福田稼穡勤，詩書在腹非緣胖；（范　曾）
邊鄙貪婪久，雨露加身未覺多。（鄭福田）

五二

君壯何曾二分一，可祈千年，堪驚神龜其壽；（范　曾）
臣愚倘得五若三，長蔭八部，共仰騎士者崇。（鄭福田）

五三

吟和動神州，不信今時無古哲；（范　曾）
追陪多赤子，因扶弱笋向青雲。（鄭福田）

五四

鞠躬太深，忍能頸在膝之下；棒喝當頭，敢遺遷于土之幽。（鄭福田）（范　曾）

五五

山水有清音，知其樂者誰乎，看檻外天晴，到眼來無非是雲樹蒼茫，人酒錯落；（曹春生）畫圖多勝慨，浴斯風兮我也，喜齋中日朗，輸心至到處皆聖哲馥郁，簡編琳琅。（鄭福田）

五六

積習笑吾曹，與諸君把酒論文，綠蟻尊中浮竹葉；（江峰青）新風期後輩，將六藝融通貫注，紅塵世界寫鵬圖。（鄭福田）

五七

積習笑吾曹，與諸君把酒論文，綠蟻尊中浮竹葉；（江峰青）高風來遠哲，仰正學經天畫地，丹霞影裏看鴻圖。（鄭福田）

五八

吾生唯剩四之一，算革命情高，期予百齡入共黨：（范　曾）
正學早淘浪裏沙，憂圖南道遠，願將十翼開青衿。（鄭福田）

五九

清流激湍，映帶左右；（蘭亭序）
良朋摯愛，追陪東西。（鄭福田）

六〇

品峻山重，守謙冰潔；（原上聯）
風高月朗，知止日清。（鄭福田）

六一

振鐸依北風，每見慶雲臨大野；（鄭福田）
揚舲向南浦，重開舊館訪仙人。（彭玉麟）

六二

振鐸臨九邊，乍見胡場蔭大漠；（鄭福田）

揚舲向南浦，重開舊館訪仙人。（彭玉麟）

六三

四嶺風微，原由其吹出朝嵐，更牽霧去；（鄭福田）
一亭雲净，好趁此招回野鶴，還有詩來。（趙希潜）

六四

怕聽子規啼，望錦里烟雲，摛文鋪彩思工部；（鄭福田）
莫向長安道，守蝸居草樹，植蕙滋蘭是福田。（范　曾）

六五

馬枚班揚儼若詩騷亞選；（鄭福田）
文史星歷近乎卜祝之間。（司馬遷）

六六

天縱先知九有八，燕爾千秋，長吟温其乃玉；（鄭福田）
吾生已過四之三，期予百歲，再祝懵懂之翁。（范　曾）

六七

文兼詩，須移斗攀雲，縱横异域；（鄭福田）
我與汝，要上天入地，把握今朝。（龔自珍）

六八

鼓翼當空，三界瞻依鳳羽；（鄭福田）
揮毫賦雪，一朝寫入瑶琴。（原下聯）

編讀聯語二五則

一

一枝筆寫魏晋精神，詩酒風流，人文倜儻；
數卷書説隋唐事業，芝蘭彩逸，寶樹清榮。

二

率爾行藏之際，將一個真我盡情發露；

夷猶吐屬之間，舉千秋舊事隨意平章。

三

獻之浪漫，司馬文高，説起來風華掩映；
正始談清，竹林酒好，想開去意境蒼凉。

四

誰倩翠袖紅巾，辜負杏花春雨；
我憑金箏鐵板，恢張駿馬西風。

五

憑幾兩芒鞋，入高嶺，窮回溪，長行東南西北；
着一襲布衣，探遺書，問野老，慣看冷暖陰晴。

六

浮丘遠壑在胸懷，詩書琴棋生佳趣；
老木長枝開眼界，食色性命是真如。

七

詩騷注疏開吾華風流，雖三百千家允稱後選；
論孟章句定趙宋義理，爲朱明蒙滿早肇先端。

八

學問豈有私，讀傳世奇書，舉個裏精華諄諄推介；
文章原無價，揮生花妙筆，探其中隱曲一一寫來。

九

搜新抉奇，做翻案文章，莫驚殘陶庵盈簾好夢；
捧腹噴飯，呈謔游面目，休説破沈氏六記浮生。

一〇

展卷每舒心，生鮮活快，我見青山多嫵媚；
憑高能解頤，淡雅清新，人言墨海足風流。

一一

柳莫輕攀，從它遠絲近縷，摇成迷人好景；

樓還浪漫，任爾才子佳人，釀就弱骨柔情。

一二

烟柳凄迷，好花隔簾，遥望去蜃樓海市，渾不知人情冷暖；
粉墻宛轉，彩鴛臨水，細説來春雨秋雲，總能見世態炎凉。

一三

積連城璧，爲後輩資，縱使長較錙銖，終究一抔黄土；
藏百氏書，效前賢法，雖然每經磨難，到底幾瓣心香。

一四

薄命青樓，合離契闊，説什么海誓山盟，門前緑水留不住；
只身宦海，升降沉浮，有幾多天高地迴，心底沙鷗去還來。

一五

春心浮動，月下花前，需幾重錦綉衣，方能將雨恨雲愁盡情裹住；
愛意發揚，心中眼底，起一縷無明火，正可把科條律例一體燒塌。

一六

生成麗質，傾國傾城，高格調終究花明月朗；
稟賦豪情，載忠載信，勝須眉畢竟地久天長。

一七

文章真情性嫡傳，一編史，一家言，方匯成如此精深博大；
説部有國風余脉，千種人，千樣事，竟融就這般苦辣酸甜。

一八

國有直筆，史存董狐，陟罰臧否，安排等閑人物，且聽備細；
發也金聲，收則玉振，升降沉浮，打點緊要關節，分説短長。

一九

士農工商，百家百行當，盡有那斷獄威風占問潦草；
醫卜星相，一人一面目，且看他考工精細禮佛莊嚴。

二〇

數千載治亂頻仍，白髮樵夫，把酒臨風，説幾句秦皇漢武；

百卷書實虚每替，青衫學士，將空作有，寫一編宋祖唐宗。

二一

聚一群閑漢，舌底瀾翻，東家長西家短，且憑他顛三倒四；
傳數句异聞，筆端風涌，秋則實春則華，休管我逗雨播雲。

二二

軟翠香紅，月下花前，消磨無邊痴男怨女；
金戈鐵馬，關中塞外，成就幾許烈士孤臣。

二三

憑君一斗酒，胸襟開闊，搜世上珍稀古本，都來眼底；
讀我幾行書，意氣縱横，匯人間大好奇文，俱到心頭。

二四

集千部小説，秋水華章，名山事業；
成一流佳制，春風大雅，巨匠風標。

二五

百味畢陳，是甘美，遑論東西，當膺劇賞；諸音繁會，能和諧，莫分俗雅，自獲清聽。

集大草聯語三則

一

窺闕月老；逐日心高。

二

春深衣袖；雲重龍鱗。

三

芝蘭舒静氣；龍馬逸高懷。

集金文聯語一六則

一

商周大器；金石高懷。

二

飲新酒；臨法書。

三

陳典册；敬賢朋。

四

好日子；嘉年華。

五

康寧真福；安樂永年。

六

敬斯忐忑；聖至穆雍。

七

斛尊奉醴；鐘鼓齊賢。

八

舟車道遠；左右辭華。

九

陶鈞萬有；襄輔恒年。

一〇

多金允買賦；大羽用圖南。

一一

書藏般若；酒義貞剛。

一二

商周齊鼎鼐；晉楚小田疆。

一三

鑄斯鼎鼐；營乃田疆。

一四

直義通陳典；卓堂對羽觴。

一五

大日甫昶；金星聿明。

一六

勤斯高鳥；作爾宵征。

集蘇軾書法聯語一二則

一

殆難放意；可與言詩。

二

烏雲含雨；青眼看人。

三

堂前小飲；閣上觀書。

四

新婚生眼底；舊事上眉尖。

五

巢營隴上；筆勝杭州。

六

素翎春意；流水桃花。

七

臨亭燕舞；照水雲華。

八

有天胙此；唯我行焉。

九

觀竹當賦；有風其修。

一〇

參軾尤清絶；介林可悵然。

一一

長生墨竹；極妙黄樓。

一二

久知吏俗；不忘林高。

集蘭亭序聯語九則

一

流觴當曲水；放浪暢幽懷。

二

興懷曲水；映帶清流。

三

清流長映帶；曲水每興懷。

四

一覽斯文生感慨；長因此地忘悲欣。

五

清流映帶斯文生感慨；曲水興懷此地系悲欣。

六

忘情臨曲水；寄慨仰蘭亭。

七

清流寄慨；峻嶺興懷。

八

覽興懷之曲水；臨寄慨之崇山。

九

每興懷于曲水；長寄慨以高山。

集王鐸書法聯語二八則

一

雁飛青信遠；雲動晚巒新。

二

方臨大壑知龍隱；每于高天感鳳鳴。

三

輕烟細柳閑樓閣；駿馬高雲野草花。

四

道法山川鳴大鶴；書猶日月照王麟。

五

臨金鼎；放野鷗。

六

翠蘿閑作陣；佳木隱當關。

七

古驛馳車馬；新梧起鳳鸞。

八

終古清流遠；于今好語多。

九

虬龍小隱；燕雀高飛。

一〇

神龜壽；瑞雪飄。

一一

馳天馬；逐六龍。

一二

青雲知道路；白髮重心情。

一三

曾驚鼙鼓；大愛野花。

一四

鳴鳳鳥；舞麒麟。

一五

霜華潤；草木榮。

一六

瞻馬首；乘天風。

一七

魚龍自隱；鳥鼠其前。

一八

蒼茫萬有；瀟灑誰何。

一九

幽如蘭草；鬱若竹林。

二〇

通天藝；醒世風。

二一

愛駿馬；喜先鞭。

二二

蒼鷗至；白鷺歸。

二三

酸多趣；醉有年。

二四

中國夢；五洲春。

二五

黄金爵；碧玉壺。

二六

津呈百派；河起多源。

二七

清静詩侣；超邁俗流。

二八

遥山凝翠；勁羽當風。

集趙之謙書法聯語一三則

一

時平知鳳舉；道大看龍興。

二

詩書大雅；竹鶴雙清。

三

丹青方流韻；工尺早傳神。

四

飛風走馬；立海奔山。

五

山河圓月滿；琴瑟一春生。

六

向北池而擊水；趨蘭若以當津。

七

孤翁堪比月；老子正齊賢。

八

道德能無終始；草木定有衰榮。

九

飛鴻閑照水；素月自經天。

一〇

驍驥真龍馬；蘇黄果天人。

一一

問天行鶴野；略地上龍津。

一二

君能照水；我欲瞻天。

一三

長林黑水；白鳥蒼山。

爲草原臺灣書展集聯語一三則

一

文章共美；德義同高。

二

春秋典重；出處清幽。

三

高山流水；明月故人。

四

光華北斗；草樹南園。

五

北斗光華好；南園草樹新。

六

天恩共遠；地脉同親。

七

教學知詩禮；平安重子孫。

八

舉頭欣見月；鋪彩喜流川。

九

潭含日月光華遠；學貫中西塊壘平。

一〇

筆底波瀾闊；胸中錦綉深。

二一

道成由德立；山高自水長。

二二

長原觀龍舞；臺海起鳳鳴。

二三

草原九馬成龍舞；臺海三春化鳳鳴。

法眼寺聯語二一則

近日應友人邀，入大别山中，爲黄柏山法眼寺作聯語。此福田所以種福田，亦欲有所貢獻于太平世界也。兹録于此，恭請大德指教。

一

大鑒是名湖，漚波草樹真世界；

梵音猶翠嶺，雨竹雲風證如來。

二

經百萬消磨，不盡烟氛，畢竟金聲若此；
縱三千利樂，完全幻像，終歸木杵依然。

三

海宇清寧，兩三聲，南北東西，風從獻瑞；
山河穩固，千萬點，抑揚頓挫，鼓舞呈祥。

四

慣向人邊去，慈航廣大猶彼岸；
何如座上看，寶相莊嚴護三生。

五

從古我能容，畢竟大腹稱大度；
當前君莫笑，終究高懷勝高明。

六

擎一枝寶杵，好日清風裏正法；

駐無量禪林，修眉朗目護佛天。

七

當肅穆五臺，觀有境，觀無境，觀非無境，方是真境；
對莊嚴生佛，見開花，見落花，見未落花，乃名此花。

八

聞香三省，三千薩婆訶，諸佛皆具真智度；
有象六牙，六度波羅蜜，菩薩得以大行稱。

九

玉瓶法雨，南海潮音，泣訴怨慕，人間九有究何有；
紫竹清風，北山月色，陰晴盈虧，世界三千是大千。

一〇

我不成佛，出九華妙峰，携幾片時風好雨；
誰能濟衆，臨十地幽境，度諸方孝子賢孫。

一一

得兩座石獅同護法，見微知著，曾經月异日新，山奔海立；
同數株銀杏共參天，原始發皇，一任雲奇波偉，沙起雷行。

一二

偉烈豐功成過客，登殿悟真禪，誇什么馬龍車水；
華章俊彩等閑人，出門明本性，問誰何麟角鳳毛。

一三

幾莖香花，與痴人説夢，迎日月升起，知無窮循環，無窮因果；
一天法雨，共野叟談龍，待牛羊下來，有多少嘆惋，多少痴迷。

一四

流水一何辜，枉繞于無情世界；
落花原有意，要開在有住乾坤。

一五

勸人是菩薩低眉，苦口温温，愛吾徒能行正道；

刺世呈金剛怒目，婆心肅肅，問爾輩敢爲强梁。

一六

談空證有，酣暢淋灕，到底澆自家塊壘；
擬虎雕龍，夷猶容與，分明是仁者胸襟。

一七

佛在我胸懷，黄檗山三千世界；
水流何境地，法眼寺一片鐘聲。

一八

緑野風微有爲世界；
澄湖水静無住乾坤。

一九

去具真禪方能息影；
來瞻寶塔可與言佛。

二〇

莫出家，世上精靈惟李艷；
知游戲，人間典故幾魚肥。

二一

大魚在池，因人在，亦因水在；
香花生樹，向雨生，兼向雲生。